So sexy ist der Norden!
Band 4

Zweiter Teil der erotischen Kurzgeschichten aus Norddeutschland

Dass sich die Idee, zusammen mit anderen sexy Geschichten zu einem Buch zusammenzufassen, zu einer ganzen Reihe entwickeln würde, damit hatte ich anfangs überhaupt nicht gerechnet.

Deshalb freue ich mich besonders darüber, dass dies ganz offensichtlich nicht nur mir, sondern auch den anderen Autoren wirklich Spaß macht und sich auch die Leser von unserer Begeisterung hierfür anstecken lassen.

Mein ganz besonderer Dank gebührt deshalb auch allen meinen bisherigen Co-Autoren, die bereit waren, ihre intimsten Gedanken und Erlebnisse nicht nur mit mir, sondern vor allem auch mit der breiten Öffentlichkeit ohne jede Scheu zu teilen. Anderenfalls wäre auch dieser vierte Band nicht möglich gewesen.

Ich freue mich umso mehr, dass wir nach den beiden Ausgaben von ‚So sexy ist Niedersachsen!' und von ‚So sexy ist der Norden! Band 3' nunmehr auch davon den zweiten Teil fertigstellen konnten.

Dieses Mal besteht unsere Gruppe von Autoren beiderlei Geschlechts aus diesen Schriftstellern, von denen euch der eine oder andere ‚Wiederholungstäter' vielleicht ja schon bekannt vorkommt:

- *Eisenherz2015* wohnt in **Borken**.
- *marylou73* lebt in **Braunschweig**.
- *K.D. Michaelis* und Mr. Jay kommen aus **Hannover**.
- *shruikan* stammt aus **Schaumburg**.
- *SamWi* lebt in **Stadthagen**.

K.D. Michaelis

So sexy ist der Norden! Band 4

Zweiter Teil der erotischen Kurzgeschichten aus Norddeutschland

Bibliografische Information der Deutschen National-
bibliothek:
Die Deutsche Nationalbibliothek verzeichnet diese
Publikation in der Deutschen Nationalbibliografie;
detaillierte bibliografische Daten sind im Internet
über http://dnb.dnb.de abrufbar.

© *2018 Michaelis, K. D. (Hrsg.)*

Autoren: **Eisenherz2015 / K.D. Michaelis /**
marylou73 / Mr. Jay / SamWi / shruikan

© *2018*
Herstellung und Verlag:
BoD – Books on Demand, Norderstedt.
ISBN: 9783748102342

Illustration: K.D. Michaelis, Hannover

Inhaltsverzeichnis

Inhaltsverzeichnis

Am Rande des Abendlandes

Dies ist ein reales und vor allem leidenschaftliches Erlebnis Anfang der 90er-Jahre, also quasi aus meiner Jugendzeit.

Es war jener denkwürdige Samstagabend - im Kalender stand der 30.06.1990, als ich für mich selbst einige Entschlüsse fasste, die mein weiteres Leben stark bestimmen und beeinflussen sollten.

Ich saß zusammen mit Freunden bei einem gemütlichen Grillabend nebst kühlem Bier, um die WM zu schauen. Was zu diesem Zeitpunkt jedoch noch niemand ahnte: Es sollte für lange Zeit der letzte gemeinsame Abend mit der ganzen Clique sein.

Die Gründe dafür waren vielfältig. Für einige von uns ging es schon ab Anfang Juli hinaus in die Welt, um ihren Dienst bei der Bundeswehr bzw. bei der Marine anzutreten. Andere starteten in eine kleine Auszeit und machten Urlaub. Für wieder andere begann ab August der Ernst des Lebens mit dem Start ins Berufsleben. Der einzige, der noch nichts richtig geplant hatte, war ich.

Da alle irgendwie weg waren, entschloss auch ich mich, Urlaub zu machen. Gleich am folgenden Montag ging es ins Reisebüro und ich fand auch sogleich ein Last-Minute-Sommerangebot, das mir zusagte: 21 Tage bleiben und nur 14 Tage bezahlen - auf Gran Canaria.

Allein und Single - bereit für Action und Abenteuer, buchte ich kurzentschlossen. Schon 10 Tage später stand ich morgens um 4.00 Uhr in Hannover am Airport.

Für mich war es das erste Mal, dass ich ohne Eltern oder Freunde einen Urlaub im Ausland verbrachte. Voller Elan und Vorfreude - aber auch mit etwas Unbehagen - stieg ich in den kleinen Flieger der ‚TUI Fly' ein. Ich hatte einen Fensterplatz im hinteren Bereich. Den Platz am Gang neben mir hatte ein Mädel, etwa in meinem Alter, auf ihrer Bordkarte stehen.

Sie kam auf mich zu, gab mir die Hand und sagte: „Hallo, ich bin Renate und wohl deine Sitznachbarin für die nächsten 5 Stunden".

Ihr Lächeln und ihre offene Art sprachen mich sofort an und ich stammelte nur ein freundliches: „Hallo - sehr erfreut".

Wir unterhielten uns ein wenig auf Smalltalk-Basis, bis der Flieger zu seiner Abflugbahn rollte. Sie war zusammen mit ihrer Freundin und deren Freund natürlich ebenfalls auf dem Weg nach Gran Canaria. Für sie war es der erste Flug überhaupt und ich spürte ihre Flugangst beim Abheben des Fliegers ziemlich deutlich und schmerzhaft auf meinem linken Arm und Handrücken. Ihre Hand und Fingernägel krallten sich buchstäblich in meine Haut.

Erst als ich laut „Aua" rief und sie bemerkte, dass ich leichte, blutige Kratzer auf meiner Haut hatte, nahm sie ihre Hand weg und sagte leise und erschrocken: „Sorry".

Während des Steigfluges sagte sie kein Wort mehr. Dann taute sie aber so langsam wieder auf und entschuldigte sich nochmals wortreich für die unfreiwilligen Kratzspuren, die ich 'erlitten' hatte.

Wir unterhielten uns sehr angeregt und dann sagte sie so ganz nebenbei: „Ich bin noch müde und es wäre schön, wenn ich deine Schulter zum Anlehnen haben könnte und du meine Hand hältst".

Etwas überrascht und mehr aus Spaß sagte ich: „Kein Problem - wenn ich dann einen Kuss von dir bekomme."

Ehe ich mich's versah, gab sie mir einen kessen Kuss mitten auf den Mund und sagte: „Als Anzahlung sollte das reichen. Mehr gibt es, wenn ich wieder festen Boden unter den Füßen habe".

Sie legte den Kopf an meine Schulter und ihr langes, blondes Haar kitzelte meine Wange und Nase. Ich hielt ihre Hand und begann sie leicht zu streicheln und zu massieren.

Sie sah mich lächelnd an und sagte: „Das ist so schön. So kann der Urlaub weitergehen".

Dann kam die Stewardess und fragte nach Getränken. Wir bestellten vier Sekt, um mit ihrer Freundin Julia mit deren Freund Markus auf einen schönen Urlaub anzustoßen. Ob Zufall oder Schicksal - im Laufe des Gesprächs stellten wir fest, dass wir alle drei Wochen in der gleichen Appartementanlage gebucht hatten. Beim Landeanflug auf Las Palmas nahm ich Renate einfach in den Arm und hielt wieder ihre Hand. Von nun an waren wir irgendwie zusammengeschweißt.

Als wir aus dem Flugzeug stiegen, blies uns ein heißer Sahara-Wind ins Gesicht und der Urlaub war plötzlich fühlbare Realität. In der Hotelanlage angekommen, bezogen wir alle unsere Zimmer. Julia und Markus hatten selbstverständlich ein Doppelzimmer. Renate und ich jeweils ein Einzelzimmer, das aber auch mit 2 Personen belegt werden konnte.

Einziger Nachteil, unsere Appartements lagen nicht beieinander, sondern weitläufig über die Anlage verteilt. Nachdem wir die Koffer ausgepackt hatten, trafen wir uns alle an der Poolbar. Renate machte auch im Bikini eine wirklich attraktive und sexy Figur. Und ja, sie hatte recht: ‚So kann der Urlaub sehr gerne weitergehen‘, dachte ich mir.

Nach einem Cocktail zum Aufwärmen ging es dann in den Pool, wo wir anfangs alle vier herumalberten. Doch nach kurzer Zeit zogen sich Markus und Julia in eine Ecke des Pools zurück und knutschten leidenschaftlich.

Renate schaute mich fragend an und sagte: „Und - was machen wir beide jetzt?".

Ich zuckte nur verlegen mit den Achseln.

Dann sagte sie: „Na komm schon, was die können, können wir schon lange" und zog mich in eine andere Nische des Pools - unter eine Palme, die mit ihren Blättern fast bis ins Wasser ragte.

Sie schlang einfach ihre langen, schlanken Beine um meine Hüfte. Ich hielt sie fest im Arm und dann fingen auch wir an, uns leidenschaftlich zu küssen. Ich spürte ihre Berührungen, ihr unbändiges Verlangen und als sie mit ihrem Becken sanft über meine Badehose rieb, merkte nicht nur ich, wie mein Schwanz sofort anschwoll und steif wurde. Renate quittierte meine prompte Reaktion denn auch mit einem strahlenden Lächeln. Langsam - aber sehr zielstrebig - bewegten sich ihre Finger in meine Hose und ich spürte, wie mir die Röte ins Gesicht schoss.

Mit zarten und doch festen Bewegungen ihrer Hände massierte sie mein gutes Stück und dann flüsterte sie mir deutlich erregt ins Ohr: „Ich möchte dich jetzt und hier und keine Angst, ich nehme die Pille".

Parallel dazu merkte ich, wie sie ihren Bikinislip etwas beiseiteschob, meinen harten Schwanz aus der Badehose holte und ihn dann langsam unter Wasser in ihre Muschi einführte. Wir bewegten uns rhythmisch, während ich immer heftiger und tiefer in sie eindrang. Ihr Stöhnen wurde lauter, wodurch auch bei mir eine unbändige Lust aufkam, auch wenn ich natürlich aufpassen musste, das Gleichgewicht nicht zu verlieren. Die laue Sommerluft, das warme Wasser - das unsere Körper umspülte - und dieses fast nackte, unglaublich sexy Mädchen in meinem Arm - das alles fühlte sich schon fast unwirklich, aber wunderschön an.

Trotzdem schaute ich mehrmals prüfend und aufgeregt in die Runde, ob unser Treiben irgendwie Aufmerksamkeit erregte, da wir ja nicht allein waren in der Poolanlage.

Renate bemerkte dies natürlich und sagte: „Küss mich ganz intensiv oder ich schreie gleich vor Lust alles zusammen und dann bekommt jeder mit, was wir hier treiben".

Wir pressten unsere Lippen aufeinander und unsere Zungen wirbelten verspielt umeinander herum. Ihre Finger krallten sich in meinen Rücken und meine Hände kneteten ihren knackigen Po. Es war nicht zu übersehen, dass sich ihre Lust stetig auf den ‚Point of no Return' zubewegte und sie kurz vor der Explosion stand.

Renate bebte und zitterte am ganzen Körper. Dann krallten sich ihre Fingernägel in mein Fleisch und sie biss mir in die Lippe. Damit war es dann auch mit meiner Beherrschung vorbei und ich spritzte mein Sperma in ihre nasse, zuckende Muschi. Ihre Finger lösten sich etwas und sie klammerte sich deutlich entspannter und erschöpft an meinen Körper. Eine ganze Weile standen wir einfach eng umschlungen im Pool, bis ich bemerkte, dass sich nun auch mein Schwanz langsam entspannte und herausrutschte. Sie rückte ihren Slip zurecht und ich meine Badehose. Ohne ein Wort zu sagen, schauten wir uns tief in die Augen und uns beiden war augenblicklich klar, dass wir uns gefunden hatten.

Zurück an der Poolbar stärkten wir uns nochmal mit einem Cocktail aus Orangen, Ananas und Rum. Dann stießen auch Julia und Markus wieder zu uns, die anscheinend nichts von unserem kleinen Poolspiel mitbekommen hatten. Da es schon spät am Nachmittag war und wir abends ins Discoleben von Maspalomas eintauchen wollten, beschlossen wir zu duschen und auf dem Zimmer noch etwas zu relaxen. Nach ungefähr 20 Minuten klopfte jemand an meine Zimmertüre und als ich öffnete, stand Renate lächelnd vor mir.

Sie sagte: „Wir haben noch Zeit und die würde ich gerne mit dir verbringen. Hast du schon geduscht oder duschen wir gemeinsam?"

Wir hängten das ‚Bitte-Nicht-Stören'-Schild an die Tür und verbrachten bis zum Abendessen noch eine sehr lustvolle Zeit mit gemeinsamem Kuscheln und anderen sportlichen Aktivitäten. Da unser Urlaub gerade erst begonnen hatte, war dies lediglich der Auftakt für weitere erotische, lustvolle und leidenschaftliche Momente.

Nach der Idee eines Gentlemans:
Mr. Jay (46) aus Hannover

Sarah und Kai
- Begierde auf den ersten Blick

Der Tag im Büro war anstrengend gewesen. Sie musste sowieso schon eine Stunde länger machen, weil der Brief an den Kunden unbedingt heute noch rausmusste.

Dabei waren ihre Gedanken ganz woanders, denn sie hatte schon den ganzen Tag lang Lust und verspürte dieses wohlbekannte Kribbeln. Deshalb beschloss sie, heute Abend mal wieder dem ‚Las Palmas' einen Besuch abzustatten. Dorthin ging sie oft, wenn sie diese Lust auf Sex verspürte und nicht wieder ihren kleinen, batteriebetriebenen Freund benutzen wollte. Meistens waren es einfache, normale Männer gewesen, die sie dort für eine schnelle Nummer kennengelernt hatte. Aber einen Dom, der sie sexuell beherrschte, den würde sie dort nicht finden. Davon war sie fest überzeugt.

Fertig gestylt, in ihrem hautengen Kleid, steuerte sie selbstbewusst die Bar an. Kalle hinter der Theke nickte ihr freundlich zu, als sie sich auf einen der Barhocker setzte.

"Hallo, Sarah. Warst ja lange nicht hier. Wie immer?"

"Ja, ich weiß. Viel zu tun in letzter Zeit.", sagte sie und zwinkerte ihm zu. "Bitte wie immer!"

Kurz darauf stand ein Glas Sekt vor ihr. Sie schaute sich im Lokal um. Ja, es gab schon den ein oder anderen interessanten Mann, aber leider fast immer in Begleitung. Doch der Abend war ja noch jung. Ihre Lust - in Erwartung eines frivolen Abends -

steigerte sich noch. Sie wollte endlich mal wieder einen Schwanz. Einen richtigen, echten Schwanz, der auch abspritzte und ihre Brüste und ihr Gesicht einsaute. Einen, den sie blasen konnte - der sie so richtig nahm. Gerne würde sie ihre devote Ader mal wieder hemmungslos ausleben. Aber noch wichtiger war ihr heute Abend Sex mit einem echten Mann.

Während sie sich noch die Gäste so anschaute, ging die Tür auf.

‚WOW! Wer war denn er?‘, dachte sie sich. Sie musterte ihn genauer: schlank, dunkle Haare und Augen, groß und allein. Schwarze Anzughose nebst schwarzem Jackett und ein weißes Hemd, dessen oberste drei Knöpfe lässig offenstanden.

‚Bitte, lass diesen Mann alleine hier sein‘, ging es ihr durch den Sinn, während er mit einem Lächeln an ihr vorbeiging. Sie roch sein After Shave. Es passte zu ihm und erregte ihre Neugier nur noch weiter. Ihr Blick hing an ihm.

Er setzte sich zwei Plätze von ihr entfernt an die Bar, bestellte einen doppelten Whiskey ohne Eis, griff nach den Salzstangen und sah zu ihr herüber.

"Hi", sagte er und seine Stimme klang tief, geil und erregend. "Ich habe dich hier noch nie gesehen. Bist du zum ersten Mal hier?"

„Nein", stieß sie eilig hervor. "Ich war schon öfter hier.“

"Okay - ich komme seit acht Wochen fast jeden Abend her, aber dich hätte ich bemerkt."

‚Seit 8 Wochen? Mein Gott', dachte sich Sarah - wie lange war ich denn nicht hier'?

"Nun, ich war lange nicht hier", erwiderte sie mit einem Lächeln.

"Schön. Ich bin Kai. Und wer bist du?"

"Sarah. Mein Name ist Sarah. Freut mich, dich kennenzulernen, Kai."

"Oh - die Freude ist ganz auf meiner Seite. Darf ich einen Platz aufrücken, damit wir uns besser unterhalten können? Oder möchtest du alleine sein?"

"Nein, ich würde mich gerne mit dir unterhalten."

Ein Lächeln huschte über beide Gesichter, während Kai sein Glas zu Sarah hinüberschob und sich direkt neben sie setzte. Sie fingen an, sich über ihre Jobs und Hobbys zu unterhalten. Seine Hände lagen zwischendurch auf ihren, streiften ganz unauffällig ihren Arm oder ihr Bein. Seine Berührungen gefielen ihr und sie hoffte inständig, dass mehr aus dieser Begegnung werden würde.

"Entschuldigst du mich einen Moment, Kai?", fragte sie, als sie aufstand. "Ich möchte mich nur etwas frischmachen."

"Aber sicher", erwiderte Kai.

Sie ging Richtung Toiletten. ‚Gott, was ist mit mir los?', fragte sie sich, während sie im Damen-WC verschwand. Sie schaute sich im Spiegel an. Sah ihre langen, schwarzen Haare, die ihr puppengleiches Gesicht umspielten und sich leicht um ihre Schultern legten. Sie lächelte ihr Spiegelbild an und wusste auf einmal: „Ja, er ist es'.

Sie spürte ihre Geilheit im Schritt, wie feucht sie war und dass sie ihn wollte - unbedingt. Ihre Nippel waren hart und sie wollte mehr. Mehr von diesem Mann. Sie wollte ihn spüren! Hart, tief und fest.

Nachdem sie ihr Make-Up nachgezogen hatte, ging sie zur Tür und öffnete sie. Kai stand direkt vor ihr und lächelte sie an. Noch ehe sie etwas sagen oder reagieren konnte, packte er ihr Haar, zog ihren Kopf zurück und küsste sie heiß, innig und leidenschaftlich. Sein Körper drängte sich gegen ihren und sie spürte seine Erregung an ihrem Becken. Sie hatte keine Ahnung, wie lange sein Kuss gedauert haben mochte, aber sie hatte das Gefühl vor Erregung auszulaufen. Gott, war sie geil!

"Wir können zu dir, zu mir oder ins Hotel gehen. Aber egal wohin: Ich will dich!", sagte er.

Nachdem sie wieder etwas zu Atem gekommen war, antwortete sie: "Und ich will dich. Heute Nacht, morgen Nacht. Und ich wohne gleich um die Ecke."

Sie gingen zur Bar, er legte ohne weitere Worte einen 50-Euro-Schein auf die Theke und sie verließen das ‚Las Palmas'. Er presste sie fest an sich heran.

"Welche Richtung?"

Sie nahm seine Hand und zog ihn fast hinter sich her. "Es sind nur 2 Minuten zu mir", kam ihre Antwort.

Nach wenigen, schweigsamen Sekunden standen sie vor ihrer Tür. Seine Hände glitten über ihren Po, während sie hektisch aufschloss. Sie ging hinein und machte Licht - mit Kai im Schlepptau. Er schloss die Tür, drückte sie an die Wand und küsste sie leidenschaftlich, während seine Hand ihre Brust umschloss. Dieses Mal erwiderte sie seine Küsse ebenso wild und voller Wollust. Er streifte ihr das Kleid elegant von den Schultern und ließ es zu Boden fallen. Seine Lippen umspielten ihre Brustwarzen, sanft biss er hinein und sie stöhnte erregt auf. Seine Hand legte sich auf ihren feuchten Venushügel und er packte sie fest an ihrer Scham.

Sie griff in seinen Schritt, spürte seinen harten Schwanz. Genau das, wonach sie sich den ganzen Tag gesehnt hatte.

Sie nahm seine Hand und führte ihn wortlos in ihr Schlafzimmer: "Ich will dich – jetzt! Nimm mich, benutze mich, mache mit mir was du willst, aber fick mich!"

Er schmiss sie aufs Bett und während er sich seines Anzugs entledigte, schlüpfte Sarah elegant aus ihrem Slip. Dem letzten Hindernis, das der Erfüllung ihrer Lust noch im Wege stand. Nach wenigen Augenblicken lag er halb über ihr, küsste sie, streichelte ihre Brust, knetete sie. Seine Hände wanderten zu ihrer feuchten Muschi. Ein fester Klaps. Sie stöhnte erregt auf. Ihre Hand griff nach seinem Schwanz, umschloss ihn und fing an, ihn zu wichsen. Seine Finger glitten in ihre Muschi und massierten ihren Kitzler. Sie stöhnte hörbar auf.

‚Gott, ich bin sooo geil, dachte sie sich', während er sie küsste und streichelte.

Er glitt an ihrem Körper hinab. Seine Zunge und seine Lippen verwöhnten jede Stelle, die auf dem Weg zum Paradies lag. Sarah genoss jeden Augenblick, jede einzelne seiner Berührungen. Sie ist sein - heute Nacht ist sie sein.

Er fängt an, ihre Spalte sanft mit seiner Zunge zu liebkosen, berührt ihren Kitzler. Sie meint, vor Lust auszulaufen. Seine Zunge und seine Lippen werden fordernder und ihre Lust steigert sich von Sekunde zu Sekunde.

‚Fick mich endlich. Ja – jetzt. Fick mich endlich‘, dachte sie und stöhnte doch nur vor Geilheit.

Geschickt zog sich Kai bei seinem Liebesspiel das Kondom über, glitt an ihr hoch, legte ihre Beine auf seine Schultern und drang dann hart und fordernd in sie ein. Sie stöhnte laut und nahm jeden seiner Stöße lustvoll in sich auf.

Kai drehte sie um und fickte sie stürmisch von hinten. Hart stieß er zu. Sie wollte vor Lust schreien, biss sich aber auf die Lippen und genoss einfach nur diesen Akt. Er holte aus. Seine Hand landete hart und überraschend auf ihrer Pobacke, was sie nur noch lauter stöhnen ließ.

‚Ja - endlich ein echter Mann‘, schoss es ihr durch den Kopf, während ein weiterer Treffer auf ihrem Arsch landete.

Kurz bevor er fertig war, zog er sich zurück, streifte sich sein Kondom ab und drehte sie auf den Rücken.

"Wohin?", fragte er nur.

"Wohin du willst", erwiderte Sarah.

Und noch während sie darüber nachdachte, spritzte er seinen Samen unter geilem Stöhnen auf ihre Brüste. Er packte ihren Kopf und küsste sie fest und voller Lust auf mehr.

Heute sind Sarah und Kai seit drei Jahren ein Paar. Sie haben viel zusammen erlebt und genießen ihre gemeinsame Zeit in vollen Zügen.

Nach der Idee eines Gentlemans:
Eisenherz2015 (50) aus Borken

Phantasie oder Wirklichkeit?

Es klingelt an der Tür.

„Endlich!", kam es mir über die Lippen. Es war Ende Mai. Die Sonne stand hoch am Himmel und das wochenlange Warten auf unser erstes Treffen war zum Glück vorbei. Ich bin aufgeregt. Bislang hatten wir nur miteinander geschrieben und Bilder ausgetauscht. Doch wie würde die Wirklichkeit aussehen? Würde sie meiner Phantasie gerecht werden?

Ich gehe zur Tür, öffne sie mit zittrigen Händen und bin freudig überrascht. Sie steht in einem klassischen schwarzen Rock, mit tief aufgeknöpfter, weißer Bluse und schwarz bestrumpften Beinen vor mir. Dazu trägt sie elegante, schwarze Pumps.

Ich bitte sie herein und gebe ihr zur Begrüßung einen tiefen Kuss.

Ohne ein Wort zu sagen, gehen wir ins Wohnzimmer, wo ich Sekt bereitgestellt habe. Wir stoßen - schweigend und uns tief in die Augen schauend - miteinander an. Dann küssen wir uns. Ich schiebe ihr meine Hand unter den Rock. Da sich mir ihre Hüfte entgegendrängt, lasse ich meine Finger weiter nach oben gleiten. Zärtlich berühre ich ihre Schamlippen. Ihr entfährt ein lustvoller Seufzer und ihr Körper fängt an zu zittern.

Ich spüre, wie ihr Saft bereits an ihren Schenkeln herunterläuft. Wie er meine Finger benetzt. Ich schiebe ihr zwei davon in ihre heiße Spalte. Sie stöhnt auf. Ich fange an, meine Finger rein und raus zu bewegen. Dabei bemerke ich, wie sie immer feuchter wird. Ach, was sage ich - immer nasser, trifft es wohl eher.

Ich erhöhe das Tempo. Ihr Atem geht schneller, ihr Körper windet sich vor Lust. Sie zittert, ist ihrem Höhepunkt nahe. Lustvoll schließt sie die Augen und ich weiß, nun ist der richtige Moment gekommen.

Bevor sie kommen kann, ziehe ich meine Finger ohne Vorwarnung wieder heraus und flüstere ihr ins Ohr: „Zieh dich aus - du schamloses Luder. Kommen darfst du später. Ich will erst sehen, was sich unter dieser reizenden Verpackung verbirgt."

Überrascht und mir schüchtern in die Augen schauend, kommt sie meiner Aufforderung nach. Zuerst öffnet sie ihre Bluse - Knopf für Knopf - und gibt den Blick auf ihre schön geformten und in zarte Spitze gehüllten Brüste frei. Das Oberteil gleitet von ihren Schultern und fällt knisternd zu Boden. Nachdem sie sich ihres BHs entledigt hat, öffnet sie den Reißverschluss an ihrem Rock und lässt ihn ebenfalls nach unten rutschen.

Ich lächle sie an und sage: „Schön, dass du meiner Bitte gefolgt bist und auf ein Höschen verzichtet hast."

Ihre Wangen erröten. Nun, da sie nur noch mit Strapsgürtel und Strümpfen bekleidet vor mir steht, gehe ich um sie herum. Begutachte das Objekt meiner Begierde. Dabei fällt mir ihre gespielte Schüchternheit auf. Ja gespielt, denn schüchtern ist sie nicht wirklich. Oder sollte ich mich in ihr getäuscht haben?

Dies galt es nun herauszufinden...

Ich gehe zu dem Sessel in der Ecke, setze mich hinein und schaue sie forschend an. Minute um Minute vergeht. Es herrscht Totenstille im Raum. Ich merke, wie sie langsam unruhig wird und lasse die Situation auf mich wirken. Dabei muss ich gestehen, dass ich ihre aufkommende Unsicherheit sehr genieße.

„Knie dich vor mir hin", sage ich zu ihr.

Ohne ein Wort, den Blick schüchtern nach unten gerichtet, kommt sie meiner Aufforderung nach.

Ich beuge mich vor, gebe ihr einen tiefen, leidenschaftlichen Kuss und flüstere ihr ins Ohr: „Ich möchte jetzt, dass du dich vor mir befriedigst. Dir Erleichterung verschaffst."

Plötzlich ändert sich ihr Ausdruck. Nun zeigst sie ihr wahres Gesicht, nicht mehr das schüchterne, verletzliche, sondern das geile, das gierige. Ihr Blick sagt: ‚Du Schwein, du Mistkerl - was machst du hier mit mir?'.

Doch ohne Protest findet ihre Hand den Weg zwischen die Beine. Mit den Fingern fährt sie sich zwischen die Schamlippen. Durch ihre weit gespreizten Schenkel kann ich alles genau beobachten. Wie sie erst sanft ihre äußeren Schamlippen streichelt, sie dann etwas stärker massiert und hoch zu ihrer Klit fährt. Als sie diese berührt, zuckt sie ein wenig zusammen. Langsam verstärkt sie den Druck und ihre Finger bewegen sich immer schneller. Nun steckt sie sich zwei Finger in ihre Muschi, fickt sich kurz an, um dann wieder zu ihrem Kitzler zu wandern. So geht das einige Minuten hin und her. Ihr Atem wird schwerer und ich ahne, dass sie nicht mehr lange braucht. Ihre Bewegungen werden jetzt immer schneller, ich spüre förmlich, wie kurz sie vor ihrem Orgasmus ist.

Dann erfüllt ihr lautes Stöhnen den Raum. Zwischen ihren Beinen ist es klitschnass. Hatte sie etwa gesquirtet?

Ich erhebe mich und helfe ihr beim Aufstehen. Sie hat ganz wackelige Beine, sieht aber erleichtert und glücklich aus. Ich nehme ihre Hand und stecke mir ihre Finger in den Mund. Lecke sie ab. Welch lieblicher Geschmack der Lust.

Das macht sie wieder so geil, dass sie mich küsst und ihre Hüfte lasziv gegen mich presst. Nun habe ich nichts mehr dagegen. Trotz meiner Hose spürt sie deutlich, wie sehr mich ihre Vorstellung erregt hat. Sie streicht mir mit ihren Händen über die Brust, den Bauch und - wie zufällig - streifen sie dann über die Ausbeulung meiner Hose. Ein erfreutes Lächeln umspielt ihren Lippen. Sie drückt meinen Schwanz durch den Hosenstoff, ertastet seine Konturen und mir ist klar, dass sie jetzt nichts lieber täte, als ihn in die Hand zu nehmen.

„Worauf wartest du?", frage ich und schon öffnet sie meine Hose und gleitet mit ihrer Hand hinein.

„Und? Gefällt dir, was du da spürst?"

Sie antwortet nicht, sondern schaut mir nur tief in die Augen. Ich fühle ihre Hand an meinem Schwanz und wie sie tiefer - zu meinen frisch rasierten Eiern - wandert. Nun holt sie meinen Ständer heraus und kniet sich wieder vor mich hin.

Ich muss grinsen und sage: „Du scheinst zu wissen, was sich für eine Frau gehört. Dann zeig mir mal, was du kannst."

Angestachelt von meinem frechen Spruch, umkreist sie mit ihrer Zungenspitze zärtlich meine Eichel. Sie gleitet ganz langsam an meinem Schwanz hinunter und wieder hinauf - immer wieder, bevor sich ihr Mund komplett um ihn schließt. Nun muss ich aufstöhnen und denke, was hält dieses Miststück noch für Überraschungen parat?

Nachdem sie meinen Schwanz ausgiebig verwöhnt hat, zieht sie sich etwas zurück, damit meine Herrlichkeit kein frühes Ende findet. Sie richtet sich auf und erblickt den Tisch. Ich kann ihre Gedanken lesen.

Denn wie hatte sie mir vorher bereits geschrieben: „Tische haben schon immer meine Phantasie angeregt."

Sie geht auf das besagte Möbelstück zu. Ich folge ihr, stelle mich hinter sie und umfasse ihr Brüste.

Ich drücke ihr einige Küsse auf den Nacken, den Hals und flüstere ihr leise zu: „Endlich kann ich dich spüren. Wehr dich nicht. Heute Abend gehörst du und dein Körper mir. Ich werde dich solange benutzen, bis du nicht mehr kannst und vielleicht auch darüber hinaus."

Sie atmet tief, traut sich aber nicht, etwas zu antworten. Ich drücke sie auf den Tisch hinunter, spreize ihre Beine und schiebe meine Hand zwischen ihre Schenkel - über den Kitzler - in ihre klitschnasse Muschi. Sie stöhnt laut auf. Das Vibrieren ihres Körpers sagt: ‚das wird aber auch Zeit'. Mit fester Hand am Nacken, welche sie auf den Tisch drückt, ficke ich sie jetzt schön mit den Fingern der anderen. Ich merke, wie sie anfängt zu zittern, ihr Saft beginnt an den

Schenkeln hinunterzulaufen. Ja, sie will jetzt kommen, sie will spritzen. Doch im entscheidenden Moment ziehe ich meine Finger wieder aus ihr heraus.

Immer noch auf das Mobiliar gepresst, protestiert das Luder. Welch Frevel.

„Sei still", herrsche ich sie an.

Als sie nicht aufhört, klatscht meine Hand ohne Vorwarnung auf ihren Hintern nieder. Wie erstarrt kommt kein Ton, kein Zucken mehr von ihr.

„Bleib so, ich bin gleich wieder da", sage ich und verlasse den Raum.

Als ich wieder zurück bin, binde ich ihre Beine wortlos an den Tischbeinen fest. Sie wirkt immer noch wie erstarrt und lässt dies ohne Gegenwehr über sich ergehen. Als ich auch noch ihre Arme festbinden will, protestiert sie jedoch erneut.

„Schweig!", fahre ich sie an. Greife in ihr Haar und ziehe ihren Kopf hoch.

„Wenn du so weitermachst, kneble ich dich und du bekommst obendrein noch diese hier zu spüren."

Mit diesen Worten lege ich eine Reitgerte vor ihr auf den Tisch.

Sie schaut erst die Gerte und dann mich erregt, aber ängstlich an. Ich sehe ihr an, dass sie zweifelt. Sie fragt sich jetzt bestimmt, ob es ein Fehler war, zu mir nach Hause gekommen zu sein. Sie in dieser Unsicherheit alleinlassend, nehme ich die Gerte und verlasse noch einmal den Raum. Diesmal ohne ein

Wort zu sagen. Was sie nicht sieht, ich bleibe in der Tür stehen und genieße diesen Anblick. Ein Lächeln erscheint auf meinen Lippen und ich denke, was für ein geiles Luder.

Nach einiger Zeit kehre ich zurück, bleibe aber hinter ihr stehen. Weitere Minuten vergehen, ohne dass sie weiß, was hinter ihr geschieht. Habe ich die Gerte in der Hand oder vielleicht doch nicht? Ich kann ihre Erregung sehen, ihre Lust riechen. Ja, jetzt ist sie bereit. Aber ich komme nicht umhin, diese Situation noch ein wenig auszukosten. Mal sehen, wie groß ihr Respekt nun wirklich ist. Ich stelle mich hinter sie, fühle mit meinen Fingern, wie geil sie ist. Hmm... - immer noch ganz schön feucht. Es macht sie also an.

Dann fahre ich mit meiner Eichel durch ihre Spalte. Jetzt wird sie so richtig nass. Doch bevor ich ihr meinen Schwanz hineinschiebe, wandert er zu ihrem Poloch. Sie zuckt zusammen, sagt aber kein Wort. Ich drücke ihn leicht dagegen und merke, wie sie jetzt am liebsten vor Wut platzen würde. Wir hatten vor unserem Treffen eine Vereinbarung getroffen. Anal war absolut tabu, da sie das gar nicht mochte.

Trotzdem bleibt sie still. Ob aus Respekt vor der Gerte oder aus Vertrauen - wer vermag das in diesem Augenblick schon zu beurteilen?

Doch bevor sich mein Schwanz den Weg ins Innere bahnt, nehme ich den Druck zurück, rutsche wieder nach unten und schiebe meinen prallen Ständer Zentimeter um Zentimeter in sie hinein. Sie stöhnt leise auf. Langsam fange ich an, mich in ihr zu bewegen. Ihn ihr mit Gefühl hineinzuschieben und wieder herauszuziehen - bis ich denke, dass sie kurz vor ihrem Orgasmus steht. Ich halte inne.

„Du Mistkerl, quäle mich doch nicht so. Lass mich bitte kommen - bitte, bitte", wimmert sie.

„Ach ja? Hältst es wohl nicht mehr aus?", fahre ich sie an.

„Ja, bitte, bitte, ich brauche das jetzt!", fleht sie mich weiter an.

Ich sage kein Wort. Meine Eichel noch in ihr steckend, warte ich einen Augenblick ab. Ich spüre, wie der Saft bereits aus ihr herausläuft und stoße fest zu. Ein Aufschrei und sie kommt unter mir - wie ein Vulkan. Immer wieder hämmere ich ihr meinen Schwanz in ihre gierige Spalte und ein Orgasmus folgt dem anderen. Dummerweise hat mich diese Situation so geil gemacht, dass ich nun selbst kurz vor dem Abspritzen bin. Doch ich bin noch nicht fertig mit ihr. Daher ziehe meinen Schwanz aus ihr heraus. Sie zuckt immer noch vor Wollust. Ich streichle ihr über den Rücken und binde sie los.

„Bleib so, ich helfe dir gleich auf", sage ich und gehe kurz aus dem Zimmer.

Mit einem Feudel und einem Eimer Wasser kehre ich zurück.

Ich helfe ihr hoch, nehme sie in den Arm, küsse sie ganz zärtlich auf die Lippen und sage:" Ruh dich ein wenig aus. Du hast es dir verdient. Allerdings muss ich darauf bestehen, dass du deine Schweinerei auf meinem Fußboden beseitigst. Anschließend bekommst du dann eine Belohnung von mir."

Nachdem sie die Bescherung bereinigt hat, nehme ich sie bei der Hand und gehe mit ihr ins Schlafzimmer.

„Leg dich auf den Bauch, schließe die Augen und entspann dich", sage ich leise zu ihr.

Ich setze mich neben sie und streichle ihren Rücken. Sie seufzt wohlig auf. Ich weite die Streicheleinheiten auf ihren ganzen Körper - bis hin zu den Füssen - aus. Dabei berühre ich aber ganz bewusst nicht ihre Spalte. Sie soll sich einfach nur wohlfühlen.

Nach ein paar Minuten nehme ich ein wenig Öl, verreibe es auf ihrem Rücken und beginne damit, sie zu massieren. Es ist nur noch ein Schnurren von ihr zu hören. Frauen sind doch alle gleich.

„Dreh dich um", sage ich, als ich mit der Massage fertig bin.

Sie kommt meiner Aufforderung gerne nach und serviert mir ihre traumhaften Brüste in voller Pracht. Nun öle ich sie auch vorne ein. Streichle ihre Möpse, ihren Bauch. Dieses Mal wandere ich jedoch auch zwischen ihre Beine. Stecke kurz mal meinen Finger hinein und nehme zur Kenntnis, dass da noch alles so feucht ist, wie vorhin. Auch diese zärtlichen Berührungen scheinen ihr sehr gut zu gefallen. Obwohl es eigentlich völlig überflüssig ist, reibe ich ihre Spalte auch noch mit etwas Öl ein. Sie quittiert dies mit einem wohlwollenden Lächeln, schließt die Augen und genießt den Moment in vollen Zügen.

Dadurch bemerkt sie aber nicht, wie sich mein Gesichtsausdruck verändert. Mit einem Griff an ihren Hals drücke ich sie auf das Bett. Sie reißt die Augen auf und will protestieren. Doch ehe sie's sich versieht, habe ich die Finger der anderen Hand in ihrem Lustzentrum und fange an, sie wieder mit diesen zu ficken. Nicht zärtlich - nein. Dieses Mal wieder fordernd. Willens - sie in kürzester Zeit zum Orgasmus zu bringen. Ich spüre, wie sie wieder auszulaufen beginnt und erhöhe das Tempo nochmals.

„Ja - du Schlampe. Das willst du doch. Du willst, dass ich dich fertigmache, dich befriedige. Los komm, ich will dich spritzen sehen."

Mit diesen Worten stachle ich sie noch zusätzlich an. Ziehe meine Finger heraus und verpasse ihr einen Klaps auf ihre Möse. Sie stöhnt dabei laut auf und ich stecke meine Finger wieder in sie hinein.

„Komm, mach's mir", stöhnt sie.

Ich ziehe meine Finger wieder heraus und fange an, ihre Klitoris hart zu bearbeiten. Es dauert nicht lange und sie bäumt sich auf vor Lust. Oder besser gesagt, es bricht aus ihr heraus.

Erschöpft kuschelt sie sich an mich - nicht ahnend, was ich noch mit ihr vorhabe.

Nach einer Weile frage ich sie: „Hast du - wie besprochen - dein Spielzeug mitgebracht?"

„Ja", antwortet sie, „aber eigentlich brauche ich es nicht mehr."

Ich entgegne: „Was du brauchst oder nicht, bestimme ich und nicht du. Also hole es her."

Widerwillig geht sie aus dem Zimmer und kommt mit ihrem schwarzen Massagestab wieder. Eine Art Magic Wand.

Ich setze mich auf das Sofa gegenüber des Bettes und sage: „Ich möchte, dass du mir zeigst, wie du es dir damit selbst besorgst."

Mit einem leichten Murren - welches ich igno-
riere - legt sie sich aufs Bett und beginnt damit, sich
zu stimulieren. Obwohl sie angeblich nicht mehr kann,
dauert es nicht lange und sie fängt wieder lustvoll an
zu stöhnen.

Nachdem sie gekommen ist, gehe ich zu ihr
und sage: „Da geht ja doch noch was. Denn auch wenn
du jetzt erschöpft vor mir liegst, bin ich immer noch
nicht fertig mit dir."

Ich sehe an ihrem Blick, dass sie ähnlich denkt
und weiß, was sie jetzt möchte. Ich spreize ihre Beine
und drücke sie nach unten, so dass das geile Luder mit
ihrer offenen Muschi vor mir liegt. Langsam schiebe
ich meinen Schwanz in sie hinein. Ihre Augen leuch-
ten vor Glück. Ich beuge mich vor und küsse sie erst
zärtlich - dann immer wilder - auf den Mund. Dabei
bewege ich meinen Schwanz langsam rein und raus.
Es dauert nicht lange und sie kommt erneut. Nun
erhöhe ich das Tempo, stoppe aber zwischendurch
immer wieder, um mich - so eng als möglich - an sie
zu pressen, damit sie meinen Schanz voll und ganz in
sich spüren kann. Noch länger halte ich das jedoch
beim besten Willen nicht mehr aus und will meinen
Schwanz gerade aus ihr herausziehen, um auf ihre
schönen Titten zu spritzen.

Doch sie drängt mir ihr Becken entgegen und
sagt: „Ich will spüren, wie du in mir kommst."

Dabei schaut sie mir so tief in die Augen, dass
ich mich mit einem lauten Stöhnen in sie ergieße.

Als wir anschließend zutiefst befriedigt und
erschöpft nebeneinanderliegen, sagt sie: „Oh ja. Du
hast mich echt geschafft. Meine Muschi fühlt sich fast
jungfräulich geschwollen an. Aber das ist ein ange-

nehmer ‚Schmerz', dessen Ursprung meine, unsere Lust war. Das nehme ich gern in Kauf."

Da wusste ich, dass aus meiner Phantasie Wirklichkeit geworden war.

**Nach der Idee eines Gentlemans:
shruikan (48) aus Schaumburg**

Kaputtgespielt
- von nur einem einzigen Mann

Ich war auf eines deiner Bilder aufmerksam geworden, kommentierte es und so begannen unsere nicht enden wollenden Dialoge, die sich stets rund um das Thema Sex drehten.

Dabei stellte ich die - zugegebenermaßen provokante - These auf, dass es mehr als nur eines Mannes bedarf, um eine Frau kaputtzuspielen. Du prophezeitest mir, dass du mich bei Gelegenheit vom Gegenteil überzeugen würdest. Ich schmunzelte nur und lachte, denn ich nahm dich nur bedingt ernst. Ich war mir einfach sicher, es besser zu wissen. Außerdem glaubte ich zu diesem Zeitpunkt nicht, dass wir uns jemals sehen würden.

Was du unter Spielen verstehst, war mir nach einigen weiteren Dialogen klar(er), aber nicht, ob es nur dahingeschriebenes ‚Bla-Bla' war, oder ob es wirklich so sein würde.

Wir verabredeten uns dann doch - hatten aber lediglich zwei Stunden Zeit. Wir schaukelten uns vorher extrem hoch - via WhatsApp und über CM. Elektronisch flogen die Funken und die Fetzen nur so. Wir machten uns gegenseitig so richtig heiß.

Mit wackeligen Knien parkte ich mein Auto. Natürlich war die Straße zu allem Überfluss total eng und nur wirklich sehr kleine Parklücken vorhanden - grrrr. Unsicher klingelte ich an deiner Türe und dann standen wir uns gegenüber. Erst quatschten wir eine Runde und tranken etwas - zum Warmwerden. Die (An-)Spannung wich einem erotischen Knistern, sodass der Weg frei wurde - für weitere Taten.

Du nahmst eine Augenbinde in die Hand und dann mir damit die Sicht. Ich ließ es geschehen, obwohl mir mein Verstand sagte, ich müsse komplett verrückt sein.

Ich merkte, wie du genussvoll und ganz langsam anfingst, mich auszuziehen. Anschließend spürte ich, dass du mir Handfesseln anlegtest. Ich folgte dir gehorsam und stumm in einen Nebenraum, wo sich ein Wandhaken befand, an dem du mich fixiertest.

Nun war ich nackt, wehrlos, dir völlig ausgeliefert - und ich genoss es.

Ich hörte Geräusche, die ich nicht unmittelbar zuordnen konnte. Deine Hände erkundeten meinen Körper - quälend langsam und mit einem Mal spürte ich etwas Kaltes. Es rasselte, wie die Glieder einer Kette, und es folgte ein seltsames Gefühl auf meiner nackten Haut. Deine Finger und die Kettenglieder fanden ihren Weg auch zwischen meine Beine und ließen mich wohlig erschaudern.

Deine Hand streichelte mich. Ich zerfloss in dem wohligen, warm-kalten Gefühl und ahnte nicht einmal im Ansatz den Schmerz, der sich anbahnen sollte. Du holtest zum Schlag auf meinen exponierten Po aus - mit der flachen Hand. Ich zog vor Schreck scharf die Luft ein und spürte immer wieder und wieder deinen brennenden Handabdruck. Ich wand mich unter deinen Liebkosungen und Schlägen. Dann griffst du auch zu anderem Spielzeug, um mich zu züchtigen, während ich langsam vor Lust verging. Eine wohlige Wärme breitete sich zwischen meinen Beinen aus.

Höchst erregt bandest du mich schließlich los und nahmst mir auch die Augenbinde ab. Ich folgte dir - mit schon ganz wackligen Knien - zurück zum Bett. Du befahlst mir, mich auf den Rücken zu legen und zwar mit gestreckten und weit gespreizten Armen und Beinen. Ich folgte deinen Anweisungen und erschauderte ob dem, was noch kommen mochte.

Du hattest mich angewiesen, genauso zu verharren und bespieltest mich mit kundiger Zunge und Fingern. Meine Sinne begannen zu schwinden und die Realität zu zerfließen.

Deine Finger streichelten, rieben und liebkosten das Areal zwischen meinen Beinen. Dann drangen ein, zwei Finger in mich ein. Alle meine Sinne waren im Zustand positiver Alarmbereitschaft. Deine Bewegungen wurden drängender, härter, schneller und du lächeltest mich gewinnend an. So als ob du genau wüsstest, was du da gerade mit mir anstelltest. Ich merkte, wie mir meine Kontrolle entglitt. Ich ließ mich einfach treiben und hatte das Gefühl, dass sich mein Geist förmlich auflöste. Ich konnte keinen klaren Gedanken mehr fassen.

Die erste Welle des Orgasmus riss mich mit. Ich spritzte in deine Hand und sah, wie sehr du meinen entsetzten Blick genossen hast. Das feuerte dich an, weiterzumachen. Du gönntest mir keine Pause, sondern machtest unerbittlich weiter. Ich kam - wieder und wieder. Du hast einfach nicht lockergelassen. Du hast darauf gewartet, mich betteln zu hören, dass du mir Gnade gönnen solltest. Ich sollte dich bitten aufzuhören. Ich erinnere mich genau an diesen animalischen Blick - voller männlicher Genugtuung.

Ich war völlig kraftlos und zitterte am ganzen Körper. Du hattest mich auf den Bauch gedreht, hobst mein Becken und drangst in mich ein, um mir den restlichen Verstand und die Seele heraus zu vögeln. In einer seltsamen Mischung aus sanft und hart. Du nahmst dir, was du wolltest und ich ließ es geschehen. Ich hörte dich hinter mir aufstöhnen und merkte, wie sich anschließend die Spannung bei dir verlor.

Wir sanken in die Kissen. Ich mit weichen Knien und am ganzen Körper zitternd. Ich war völlig fertig - kaputtgespielt.

Dein Handy klingelte und erinnerte dich an deinen ‚Termin'.

Nachdem wir geduscht hatten, fragtest du mich mit neckischem Blick: "Na, was sagt das Fräulein jetzt? Ein Mann alleine kann eine Frau nicht kaputtspielen?"

Ich schaute noch immer ziemlich derangiert drein und antworte: "Ja, wenn er es so anstellt - dann kann er das auf jeden Fall."

"Diese ‚Entschuldigung' möchte ich dann aber auch öffentlich hören bzw. lesen", war deine Entgegnung, der hiermit mehr als Genüge getan sein dürfte.

Wir trafen uns weitere Male und intensivierten unsere Spiele, wobei es für dich stets ein innerer Vorbeimarsch war, mich abspritzen zu lassen. Denn meistens hast du dabei keine Gnade walten lassen, bevor ich dich nicht anflehte. Du hast mich erst erlöst, wenn mein Körper vor schierer Erschöpfung unter mir zusammenklappte und meine Knie zitterten. Dann aber hast du mir lächelnd bestätigt, dass dies ein echtes Geschenk für dich war.

Eines Tages erzähltest du mir, dass du schon immer mal gerne in einen Club gehen wolltest, aber bisher nie die Gelegenheit nebst Begleitung gefunden hattest. Ich freute mich, jetzt jemanden zu haben, der mich dorthin begleiten würde.

Es war klar, dass du die Grenzen vorgabst. Wir verabredeten uns am Bahnhof, bestiegen den ICE und bereits während der zweistündigen Zugfahrt wuchs die Spannung - und nicht nur die, wie ich an der Beule in deiner Hose erkannte. Wir fuhren ins Hotel. Lümmelten und alberten auf dem Bett herum. Du wolltest nochmal kurz die Äuglein schließen.

Weshalb ich dich neckte: „Ja, ja - das Alter".

Ich hingegen wollte mich nochmal frischmachen. Deshalb zog ich ganz langsam meine Sachen aus und sprang nackt vor deinen Augen umher. Du begutachtetest mich - intensiv - aber es passierte nichts. Du unternahmst keine Anstalten, dich mir zu nähern.

Ein wenig enttäuscht darüber, dass ich dich nicht reizen konnte, ging ich duschen und dachte mir: ‚Na warte!'

Der Club öffnete erst um 22.00 Uhr, sodass wir noch Zeit hatten, etwas essen zu gehen. Wir entschieden uns für einen kuscheligen Italiener: Pizza, Nudeln und Rotwein. *Lecker*.

Im Hotel packten wir unsere Sachen für die dunkle Party zusammen und liefen hinüber zum Club. Dort zogen wir uns um und ich zeigte dir einen der schönsten SM-Clubs, den ich kannte. Auch wenn er an diesem Abend leider etwas spärlich besucht war.

Wir genossen es, anderen Paaren beim Spielen zuzusehen. Sie angebunden zwischen zwei Pfählen - seinen Hieben mit den verschiedenen Gerätschaften ausgeliefert, was ihr sichtlich Lust bereitete. Ich bemerkte, als du dich von hinten an mich schmiegtest, deine sehr deutliche Erektion an meinem Po. Deine Erregung zu spüren und gleichzeitig die Spiel-Szenerie zu beobachten, ließ mich feucht werden.

Wir gingen tanzen und ich staunte über deine Fertigkeiten - auch in diesem Bereich. *zwinker*

Grandios tanzend, gefühlvoll und berauschend.

Ein wenig später streiften wir wieder durch die Räumlichkeiten des Clubs und wohnten - natürlich in gebührendem Abstand - einer weiteren Session bei. Auch diese törnte uns an, sodass ich deine Hose öffnete, als du mir gegenüber auf einer Bank Platz genommen hattest. Zum Glück trugst du keinen Slip darunter. Ich beugte mich zu dir hinunter und spielte mit der Zunge - erst zart und gefühlvoll. Dann nahm ich ihn genüsslich in meinen Mund auf und verwöhnte ihn. Die Spielszenerie ging weiter und andere Gäste gingen an uns vorbei. Du hast dir schön von mir einen blasen lassen - mit sichtlichem Genuss, wobei dir ab und zu ein Stöhnen entwich, während dein Blick gläsern wurde und die Pupillen dunkel vor Erregung schillerten.

Die Szenerie veränderte sich und wir suchten das Weite. Du zogst mich zur Schaukel und befahlst mir, mich darauf zu legen. Dann schobst du meinen Rock hoch, während einige andere den Raum betraten. Sie hielten jedoch respektvoll Abstand. Deine kundigen Hände liebkosten mich zwischen meinen Beinen und deine Finger drangen in mich ein. Du fandest wieder diesen unerbittlichen, unglaublich geilen Rhythmus, dem ich mich nicht entziehen konnte und der mich unweigerlich mitreißen und wegspülen sollte. Ich ließ es geschehen. Ich konnte mich fallen lassen und kam. Ich spritzte in deine Hand, die mich weiter und weiter trieb. Solange, bis ich um Gnade flehte - mal wieder.

Nachdem wir getanzt und etwas getrunken hatten, gingen wir nochmal in die Halle. Auf der Empore vergnügten sich mehrere Paare. Die Herren saßen auf dem Sofa und wurden mit einem Blowjob verwöhnt. Du drängtest dich an mich. Ich lehnte mich vornüber und schaute die Empore hinunter. Du zogst mir abermals den Rock hoch. Dann das Geräusch einer aufreißenden Packung. Ehe ich mich's versah, schobst du deinen harten Schwanz in mich hinein. Ich keuchte auf - vor Lust und Verlangen. Du warst so unendlich geil und ficktest mich unerbittlich und hart - bis zur Erlösung.

Die Party flaute ab und wir machten uns auf den Rückweg ins Hotel, wo wir ziemlich müde tief entschlummerten.

Noch sehr früh am Morgen wurde ich wach. Ich sah, wie du die Augen öffnetest und ich wünschte dir noch ziemlich verschlafen einen "Guten Morgen".

Du jedoch gingst unmittelbar zum ,Angriff' über und hast mich einfach überrumpelt. Du fixiertest mich mit deinem Körper, drangst mit den Fingern in mich ein und verfielst wieder in diesen unnachgiebigen Rhythmus. Ich kam, spritzte - konnte gar nicht anders. Mein Körper reagierte einfach - ohne mich auch nur zu fragen, hatte ich das Gefühl. Du hast mich festgehalten - unnachahmlich, unnachgiebig, mehrere Male. Als du augenscheinlich genug hattest, drehtest du mich um und drangst kompromisslos in mich ein. Doch mit einem Mal hieltest du inne und hörtest auf.

Grinstest mich an und sagtest "So, hier machen wir das nächstes Mal weiter."

Völlig geplättet, sprach-und wortlos guckte ich dich nur fassungslos an. Also gingen wir duschen, frühstückten und fuhren gemeinsam mit der Bahn Richtung Heimat.

Bis zum nächsten Wochenende dieser Art.

**Nach der Idee einer Lady:
marylou73 (44) aus Braunschweig**

Ein ganz besonderer Umzug

Ich lebte einige Jahre in der Vorstadt. In einem hübschen kleinen Reihenhaus mit Terrasse samt einigermaßen großem Garten - mit Ausblick auf die Umgebung. Das war alles sehr schön dort und ich hatte meinen Frieden.

Irgendwann jedoch bekam ich durch einen Bekannten das Angebot, eine sehr günstige Wohnung in einem recht großen, alten Haus aus der Gründerzeit am Grüngürtel der Stadt überraschend günstig mieten zu können.

Ich besah mir also die Wohnung. Sie bot wirklich sehr viel Platz. Ein ganzes Geschoss mit großem Balkon, wunderbar hohe Räume mit Stuckverzierungen an den Decken - in ausgesprochen ruhiger Lage mit viel Grün drum herum. Ich überlegte eine geraume Zeit und griff dann zu.

Nach einiger Planung und der Hilfe meiner Freunde zog ich dann im Spätsommer um. Ich verpackte alles und richtete mich Tage später in meinem neuen Refugium ein. Per Inserat hatte ich auch schon bald eine Nachmieterin für mein altes Reihenhaus gefunden - alles lief wie am Schnürchen. Es dauerte nicht sehr lange und ich hatte mich eingelebt, eine kleine Einweihungsparty lag hinter mir und ich fühlte mich wohl.

Dann bekam ich diesen Anruf. Es war meine Nachmieterin. Ich hatte sie nicht in besonderer Erinnerung. Eine Frau - vielleicht in meinem Alter - mit nackenlangen, blonden Haaren. Ich meinte mich noch zu erinnern, dass sie als Verwaltungsangestellte im Landkreis arbeitete. Ganz nett, aber sie hinterließ keinen besonderen Eindruck bei mir. Deshalb wusste ich ihren Anruf erst auch nicht recht zuzuordnen.

In dem kurzen Telefonat ließ sie mich wissen, dass ich wohl eine Kiste mit einigen Papieren beim Umzug irgendwo oben vergessen haben musste. Da sie bald einziehen wollte, bat sie mich, diese abzuholen. Ich war erst etwas ratlos, was das wohl für Papiere sein konnten. Schließlich war ich einigermaßen sicher, wirklich alles von dort mitgenommen zu haben. Aber gut: der Mensch konnte sich ja auch irren.

So vereinbarten wir einen Termin am frühen Nachmittag in der kommenden Woche, der mir ganz gut passte. Ich schenkte dem weiter keinerlei Bedeutung und hätte unsere Verabredung sicher vergessen, wenn mich mein Terminkalender an diesem bewussten Tag nicht daran erinnert hätte. Also stieg ich an diesem sonnigen und warmen Tag ins Auto und fuhr an den Rand der Stadt zu meiner ehemaligen Wohnung.

Alles schien wie sonst. Ich parkte den Wagen in der Auffahrt, stieg aus und klingelte.

Wenig später öffnete die Frau, an die ich mich jetzt wieder erinnerte.

„Hallo Sam, ich bin Karin - komm doch rein", wurde ich freundlich begrüßt.

Komisch. Gleich dieses vertrauensvolle Geduze, dachte ich noch.

Karin war etwa so groß wie ich, hatte ein Tuch im mittelblonden Haar, klare, blaue Augen und sie lächelte mich freundlich an. Sie trug ein farbbekleckstes, formloses, helles Sweatshirt, darunter eine Art schwarze Leggings - ebenfalls mit Farbspuren. Offensichtlich renovierte sie gerade.

Ich wunderte mich noch, wie groß die Räume ohne Mobiliar schienen, durch die sie mich führte.

Sie geleitete mich ins Wohnzimmer, das den mir bekannten Ausblick auf die Terrasse bot.

Auch hier keine Möbel. Nur ein altes, ausgemustertes Sofa, zu dem ein ebenfalls schon mit deutlichen Gebrauchsspuren versehener Sessel gehörte. Beides um ein kleines, wackeliges Holztischchen gruppiert. Überall Farbeimer, Pinsel, Malerzubehör, einiges Werkzeug, eine Leiter.

„Setz dich doch", bat sie mich.

Ich wunderte mich wieder. Schließlich wollte ich doch nur die blöde Kiste mit dem rätselhaften Inhalt abholen. Aber ich platzierte mich brav auf das alte Sofa - in Erwartung dessen, was nun passieren würde.

„Ich bin gleich zurück", ließ sie verlauten und verschwand im schmalen Flur.

Es dauerte eine Weile, bis sie mit einem - mir leider nur allzu wohlbekannten - Karton zurückkehrte.

Währenddessen sah ich mich um und es kamen einige Erinnerungen zurück.

„Das hast du vergessen", grinste sie - fast etwas höhnisch - wie mir schien.

Ehrlich gesagt - beim ersten Anblick des Kartons bekam ich einen kräftigen Schreck, denn ich wusste sofort um seinen Inhalt. Darin befanden sich einige Manuskripte meiner erotischen Erzählungen. Sicher die eine oder andere unvollständig - aber doch explizit genug. Ich erstarrte buchstäblich zur Salzsäule. Dies war das absolute Maximum an Peinlichkeit, das ich mir vorstellen konnte. Doch Karin setzte sich nur schmunzelnd neben mich.

„Oh", entfuhr es mir. „Tut mir wirklich sehr leid - das hätte ich nicht übersehen dürfen", rang ich mir geknickt ab.

„Och, eigentlich gar nicht schlimm", grinste sie. „Wäre es nicht sooo... hübsch anzüglich."

„Wie bitte?"

„Na, wenn das mal nicht alles erfunden ist. Du haust ja ganz schön auf die Pauke!"

„Du hast darin gelesen?"

„Naja, was glaubst du denn?"

Ich dachte, jetzt ist alles vorbei. Der halb offene Karton enthielt (wie gesagt) eine Sammlung von - teils ausgedruckter, teils handschriftlich verfasster - Aufzeichnungen der Erinnerungen an meine amourösen Erlebnisse.

Ich hatte das zwar alles auch auf meinem Rechner gesammelt und verfasst, aber diesen Karton mit den Aufzeichnungen hatte ich schlicht vergessen. Ich wusste zwar, dass es ihn irgendwo sicher gab, aber, dass ich ihn hier nicht mit eingepackt hatte, erschien mir in diesem Moment als ein vollständiges Debakel. So aber stellte sie den Karton vor uns auf den Boden und sich lächelnd neben mich.

„Ich... - also - ich dachte, ich hätte alles eingepackt", versuchte ich erneut, diesen Umstand zu erklären.

Sie lachte. Ich war sicher knallrot. Mir war unwohl.

„Das ist mir sehr unangenehm, wirklich. Sehr unangenehm", sagte ich kopfschüttelnd und blickte schuldbewusst auf den Karton.

„Muss es nicht", sagte sie leise - wohl um mich ernsthaft zu beruhigen. Denn ich war wirklich ausgesprochen unsicher. Das alles bei einer mir fremden Frau stehen zu lassen, war eigentlich ungeheuerlich.

„Möchtest du ein Bier?"

Ohne meine Antwort abzuwarten, stand sie auf und ging in Richtung Küche. Kurz bevor sie hinter dem Türrahmen verschwand, sah ich noch, wie sie sich ihr Sweatshirt abstreifte.

Das wäre die Gelegenheit gewesen, einfach den Karton zu nehmen und über die Terrasse zu verschwinden. Aber ich blieb wie angewurzelt sitzen.

In der Küche hörte ich zwei Bierverschlüsse zischen. Kaum, dass ich darüber nachgedacht hatte, war sie zurück. Zwei geöffnete Bierflaschen in der Hand und in ein weites, weißes T-Shirt und ihre - jetzt besser zu sehende - etwas zu enge Leggins gehüllt. Offensichtlich trug sie nichts weiter unter dem Shirt, denn ihre nicht zu üppige Oberweite schwebte mit kleinen Bewegungen unter dem Stoff, unter dem sich ihre Knospen gerade so erahnen ließen. Die Leggins schmiegten sich reichlich eng an ihre Beine. So kam sie zu mir, reichte mir eine Flasche und setzte sich wieder neben mich.

„Prost", sagte sie lächelnd und hob die Flasche.

Hastig trank ich einen großen Schluck - das Bier war angenehm kalt. Auch sie trank, stellte die Flasche vor sich auf den Boden, griff sogleich in den Karton und holte sich zu meinem weiteren Entsetzen einen kleinen Stapel Papier heraus. Was sollte das werden? Ich trank noch einen großen Schluck. Übersprungshandlung, sagt man dazu - glaube ich. Schmunzelnd ruhte ihr Blick auf dem Papier.

„Du schreibst wirklich sehr schön", begann sie, „aber hast du das wirklich alles so erlebt?"

„Naja, eigentlich schon", hüstelte ich. „Ich meine... also ich... ich habe ein paar Sachen verändert... Namen und so..."

„Ah... - die Namen. Ja sicher."

„Ja. Und die Orte und so. Es sind ja erst einmal nur Erinnerungen, die ich so für mich aufheben wollte", versuchte ich mich zu rechtfertigen.

„Ziemlich heftige Erinnerungen, ich muss schon sagen."

Ich sagte nichts. Sie las.

„Und ziemlich kribbelig", schob sie nach. „Ziemlich verlockend. Ziemlich anregend."

Ach du lieber Himmel, dachte ich.

„Ziemlich anregend?"

„Ja, diese Geschichte mit der Zeitreise zum Beispiel."

„Was hat dich angeregt?"

„Wie sie wissen will, was du dich traust. Wow. Eine interessante Frau..."

Sie blätterte in dem Papier, trank einen Schluck.

„Hier ist es. Das hier", sie reichte mir ein Blatt. „Liest du mir vor?"

Ich nahm überrascht und erstaunt das Blatt, das sie mir hinhielt.

„Ich soll...?"

„Ja, klar, warum denn nicht? Du hast es doch geschrieben".

Wieder nahm sie das Bier und lehnte sich zurück.

„Also gut", hüstelte ich und begann langsam zu lesen:

„Sie kam barfuß zurück in den Garten und hatte sich offensichtlich umgezogen. Ein fast bodenlanges, indisch anmutendes Kleid aus diesem schönen, knittrigen Stoff in leuchtendem Gelborgange, vorne durchgeknöpft. Es spannte sich fest über ihre Brüste - sie trug scheinbar nichts darunter. In der Hand hielt sie ein kleines Tablett mit ein paar Früchten

und zwei exotisch wirkenden Drinks. Sie stellte es auf dem kleinen Gartentisch ab, reichte mir ein Glas, setzte sich mir gegenüber in den ausladenden Korbsessel und musterte mich aufmerksam.

„Schön, dass du dich getraut hast mitzukommen".

Ich nippte an meinem Drink und sah, wie sie sich eine Banane nahm und diese - wie schon vorhin im Geschäft - viel zu langsam abschälte und die Spitze genüsslich ableckte. Keine Chance, wegzusehen.

„Deiner ist bestimmt größer, als diese Banane - oder?"

Ich verschluckte mich fast, konnte mich aber zu einem Schulterzucken durchringen.

Sie lächelte mich an, legte den Kopf zurück und ließ diese Banane ungeheuerlich tief in ihrem Mund verschwinden, zog sie wieder heraus und biss mit einem kleinen Lachen ein Stück ab."

Mir wurde ganz komisch.

„Eine Banane", gluckste sie leise. „Ganz schön frech, wirklich! Lies weiter...", sagte sie leise.

„Meine Aufregung wuchs, auch weil sie langsam und versonnen anfing, die obersten Knöpfe ihres Kleides zu öffnen und sichtlichen Gefallen an meinen Blicken fand, die ich

nicht abwenden konnte. Der sichtbare Strei-
fen Haut, den ich erst oben zwischen ihren
Brüsten sah, wurde immer länger. Als sie den
letzten Knopf auf ihrem Oberschenkel geöff-
net hatte, nahm sie das Glas, trank mit
schelmischem Blick einen Schluck, löste ihre
übereinandergeschlagenen Beine und der
dünne Stoff fiel nach hinten. Ihre prachtvol-
len Brüste wippten leicht, als sie Drink ab-
stellte und nun ihren linken Oberschenkel
langsam über die Lehne des Korbstuhles
schob..."

Ich musste tief Luft holen.

„Oh - ja. Die weiß aber, wie es geht", sagte sie
leise und ich bemerkte mit einem Seitenblick ihre
Hand weit oben auf ihrem Oberschenkel, die sie sofort
wegzog und dann aufstand.

„Das hast du sicher genossen, oder?"

„Es wäre unaufrichtig, wenn ich etwas anderes
behaupten würde", sagte ich - immer noch etwas unruhig.

„Ja, eine ziemlich direkte Art der Verführung.
Sehr offensiv. Wenn ich den Anfang der Geschichte
nicht kennen würde, müsste ich fast sagen: platt".

„Du tust ihr Unrecht."

Sie lachte vorsichtig. „Ja. Wahrscheinlich. Dir
nicht?"

„Nein. Wirklich - nein."

„Gut", sagte sie und warf mir dabei einen - wie ich fand - mutigen, direkten Blick zu.

„Trotzdem bleibt meine Neugierde", sagte sie, als sie langsam aufstand.

„So, dann lass doch mal sehen", überlegte sie.

„Nicht, dass du denkst, ich bin zu platt. Aber es scheint mir doch reizvoll..."

Sie ging zu dem zerschlissenen Sessel gegenüber, setzte sich betont langsam, lehnte sich ruhig etwas zurück und schob mit geschlossenen Augen ihren linken Oberschenkel langsam über die Lehne.

„So ungefähr?", fragte sie mich.

Ich musste schlucken. „Ähm... ja... bloß..."

„Ja?"

„Ähm also - sie war nackt."

„Oh, ja natürlich!"

Und beinahe sofort zog sie sich ihr Shirt über den Kopf, streifte ihre Leggins ab, lehnte sich wieder zurück und schob den Oberschenkel wieder über die Sessellehne.

„So? Besser?"

„Oh... äh... ja...", entfuhr es mir.

„Saß sie ungefähr so? Ist das so auch auffordernd genug?", sie sah kurz an sich hinunter.

„Ja... ungefähr so", beantwortete ich die Frage halb.

Natürlich war das auffordernd. Ich konnte mich ja kaum sattsehen. Auf ihren entspannten, schönen Brüsten waren ihre großen Knospen fest aufgeblüht. Zwischen ihren jetzt weiten Schenkeln glänzten ihre feuchten Lippen. Wunderbar zu erahnen unter ihrem fast dichten, krausen, dunkelblonden Pelz.

„Sie hatte sicher nicht so einen vollen Busch wie ich, oder?", lächelnd schob sie sich ihre Hand auf ihr Dreieck, spielte damit und sah zu mir herüber.

„Oh... äh... nein."

„Ich finde es schön", sagte sie mit einem neckischen Blick zwischen ihre Beine. „Was magst du denn lieber?"

Meine Aufregung war da. Sie streichelte sich weiter.

„Du siehst gerne zu, oder?", fragte sie leise und sah auf ihre Finger.

„Das ist ja auch ziemlich anregend."

„So ist es gemeint. Wie deine Geschichten."

„Sie regen dich an?", fragte ich mit gespielter Neugier.

„Ja, ich habe mich schon ein paar Mal angefasst beim Lesen. Du weißt ja sicher, was ich meine. So wie jetzt ungefähr."

Sie sah wieder an sich herunter und spreizte ihre Beine noch ein wenig weiter. Während ihr Finger jetzt mit einer kleinen Bewegung auf der leicht geöffneten Scham sanft kreiste. Sie schloss verführerisch die Augen. Ein kleines Seufzen. Ein wunderschöner Anblick, der mich noch einen Moment gefangen hielt.

„Ja, ist ziemlich anregend", gab ich zu.

Sie lachte leise auf und spielte weiter mit ihren Fingern. Langsam und intensiver. Kaum zum Aushalten. Sie wollte mich nicht nur provozieren. Sie wollte mehr. Ich lehnte mich zurück und ließ mich davon bezaubern, wie sie sich vor mir verwöhnte. Es schien nichts dabei zu sein.

„Hattest du mal einen Orgasmus beim Lesen?", fragte ich so ruhig wie möglich.

„Ja. Und es adelt deinen Schreibstil". Sie sah kurz auf und massierte mit ihren Fingern weiter ihre Scham. „Kannst du auch mehr als schreiben und zusehen?"

Ich sah ihr zu und nickte. „Sicher."

Ich erhob mich langsam und ging die paar Schritte auf sie zu. Dann beugte ich mich langsam herunter und schenkte ihr einen kleinen Kuss auf ihren Handrücken, mit dem sie sich streichelte.

„Huch", sie lehnte sich weiter zurück. Sie zog ihren Finger von der etwas offenen Spalte leicht und langsam nach oben und zeigte ihre vollendet weichen und geöffneten Lippen, die anmutig von ihrem Busch umrankt wurden.

Ich konnte kaum anders, als sie mit meiner Hand in ihrer Kniekehle soweit aufzuschieben, dass meine Zunge genug Platz fand, um feucht ihren Busch zu zerwühlen und ich hörte ihren schneller werdenden Atem. Ich hielt sie mit sanften Druck offen, umkreise ihre Lips, teilte bald ihre inneren und trällerte mich durch ihre köstliche Spalte. Sie bewegte sich sanft und ich hörte ihren Atem noch lauter werden. Sie schnurrte leise, als ich ihre Perle unter meiner Zunge spürte und sie mit vorsichtigem Kreisen umspielte.

Was für ein Spiel, dass wir uns gönnten! Diese prachtvolle Muschi, die unter meinen Berührungen aufblühte, ihre Bewegungen und ihr flacher werdender Atem mit diesen kleinen Stößen. Mein genießendes Zungenspiel, das ich langsam und mit steigender Lust mit diesen kleinen Varianten verzierte, wofür sie mir ihr lautes Aufseufzen schickte. Lange - sehr lange.

Ich holte Luft und hob den Kopf. Auch sie schöpfte Atem und sah zu mir hinab. Ihre Brüste voll und ganz erblüht. Ein Bild, das sich - in all seiner Lust - gar nicht vollständig beschreiben lässt.

„Und wie war das in dieser Bi-Geschichte mit dem Freund von Birgit, der sich deinen Schwanz nahm?", keuchte sie leise, schob wieder ihren Finger auf die offenen Lippen und spielte.

Ich war erst zu verwirrt, um zu wissen, was sie genau meinte. Doch natürlich versuchte ich, dahinter zu kommen.

„Das war ziemlich überraschend", konnte ich nur sagen.

„Oh ja - so überraschend wie ich, wie du?"

Mit fliegenden Händen zog ich mich aus, mein Schwanz stand hart und erwartungsvoll vor mir.

Ihre kreisenden Finger und sie selbst so ausgestreckt in diesem Sessel zu sehen. Ein absolut betörender Anblick.

„Komm zeig", bat sie mich, als ich mit großen Augen neben dem Sessel stand.

Mit einem halben Schritt war ich bei ihr und sie leckte fast aufgebracht über meinen Schwanz, während sie ihren Finger weiter an sich kreisen ließ. Sie züngelte flirrend über meine versteinerte Eichel und umschloss sie ebenso aufgebracht mit ihrem Mund. Sie verwöhnte mich mit unerhörten, kleinen, lockenden Bewegungen.

Ihr Becken bebte ihrem versunkenen Finger entgegen und ich musste mich sehr zurückhalten.

Dann ging alles viel zu schnell. Unsere Lust diktierte das Verlangen, sich endlich zu nehmen und sich vollends in diese Flammen zu stürzen. So ließ sie unvermittelt von mir ab, stand auf und schnappte nach Luft. Dann ging sie hastig zum Sofa, um ja keine Sekunde zu verschwenden. Sie legte sich seufzend bequem auf den Rücken und öffnete sich wieder weit, während sie ihr Bein auf die Rücklehne hob.

Mehr Aufforderung ging nun wirklich nicht!

Sekunden später nur war ich über ihr, meine Eichel spielte auf ihren Lips - lüstern und reizvoll. Sie wand sich fordernd und ungestüm unter dieser Neckerei, die auch mich reichlich berauschte.

Schließlich schob ich mich drängend - wie von selbst - in ihre offene und glühende Muschi. Ihr kreisendes Becken war die Aufforderung, jede Bewegung mitzunehmen und wir ließen uns sofort auf diesen langsamen, gierigen Rhythmus ein, der nur dazu diente, unsere Lust immer lebhafter auflodern zu lassen.

Meine Finger fesselten ihren Unterarm, als wir uns vollends gehen ließen. Ich musste sie halten, um meine Bewegungen länger und kraftvoller werden zu lassen. Sie bewegte sich unglaublich schön mit, ließ mich tiefer und massierte meine Stöße wild. Wir wurden laut und wollten fast überreizt und mit Gier alles und sofort haben.

Wie sie meinen Schwanz aufstehen ließ, wie ich ihre Weite tief und schnell erobern konnte. Dann erhob sich fast sofort ihr tobender Orgasmus, der sofort zu meinem wurde und so konnten wir uns mit Wildheit nehmen.

Wir lagen erschöpft aufeinander, unser Atmen war noch eine Erinnerung an diesen viel zu schnellen Ausflug.

„Ich mache eine Einweihungsparty für meine Freunde", sagte sie etwas später leise, „...und dann noch eine - ganz speziell für dich. Wirst du da sein?"

Ich konnte nur nicken.

**Nach der Idee eines Gentlemans:
SamWi (47) aus Stadthagen**

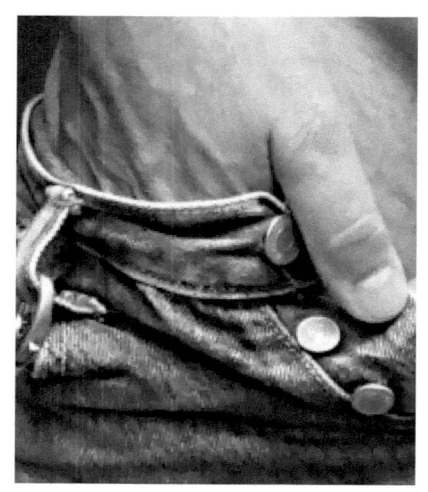

Very special friends

Eigentlich begann dieser Mittwoch ganz normal. Einmal davon abgesehen, dass heute wieder einer dieser hübsch frivolen Tage war, an denen meine Jungs und ich lustige, pornografische Bildchen hin- und herschickten.

Unsere kleine Gruppe besteht aus drei Herren, die sich untereinander gar nicht kennen - und meiner Wenigkeit. Uns allen gemein ist der spielerische und komplett freie Umgang mit Sex, den wir alle lieben. Weshalb auch keiner von uns ein Problem damit hat, von den anderen mit allen möglichen sexy Bildern bemustert zu werden. Ganz im Gegenteil, wir freuen uns über diese hübsche Ablenkung, die einen ganz normalen Arbeitstag in einen sexy angehauchten verwandelt. Weshalb sich daraus dann auch oft eine kleine Bilderflut entwickelt, die stets bei mir eingeht und die ich dann an die jeweils anderen weiterleite.

Natürlich sind nicht immer alle Fotos gleich sexy. Heute allerdings waren wirklich eine ganze Menge wunderschöner Kopfkinobilder dabei, wobei es mir eines davon ganz besonders angetan hatte.

Es war von oben aufgenommen und zeigte eine hübsche Lady, die vor einem Mann kniete. In der einen Hand hielt sie ein Buch, in dem sie offensichtlich gerade las. Auf ihrem Kopf lag eine männliche Hand, die diesen gerade in Richtung des ebenfalls zu sehenden, harten Schwanzes zu drehen schien, den sie mit der zweiten Hand wichste. Der Kommentar von meinem Lieblings-Libertiner darunter lautete: ‚Eine sehr sweete Privat-Lesung'.

Mein erster Gedanke war, so ein Bild will ich unbedingt von mir haben! Ich wusste, ich müsste nicht explizit danach fragen, denn der zweite Herr in unserer Pornobildchen-Gruppe war ein alter Freund, der mich gut genug kannte, um zu wissen, dass mir dieses Bild gefallen würde. Außerdem fotografierte er gerne und ich mochte die Aufnahmen, die er von mir machte, weil ich bei ihm immer absolut entspannt war und man dies natürlich auch auf den Bildern sah. Nicht umsonst waren wir inzwischen schon eine halbe Ewigkeit befreundet. Also schnell das Bild an die beiden anderen Gentlemen geschickt und gewartet, was passieren würde.

Wie erwartet, gefiel meinem Freund dieses Foto - neben anderen - sehr gut und er fragte auch gleich, ob wir das nicht nachstellen wollten. Selbstverständlich wollte ich und saß lachend vor dem Schreibtisch. Denn natürlich war mir klar, dass wir dazu - im Gegensatz zu einer normalen Fotosession - vermutlich einen kleinen Handjob einbauen mussten. Schließlich war auf dem Originalbild auch nicht nur ein Schwanz, sondern ein Ständer zu sehen.

Ich konnte mir sein grinsendes Gesicht nur zu gut bildlich vorstellen, als ich zwinkernd meine Antwort abschickte: „Super gerne, das ist mein absolutes Lieblingsbild aus dieser - heute wirklich extrem sexy - Serie. Woher wusstest du das nur?"

Knapp zwei Wochen später war es dann auch schon so weit. Wir waren für nachmittags verabredet und ich hatte schon mal die Kaffeemaschine vorbereitet, als es auch schon klingelte. Ich drückte auf den Türöffner und wir besprachen erst einmal - bei einer gemütlichen Tasse Cappuccino - den Ablauf dieser Session.

Da ich sowieso auch noch Bilder von meinem neuen, kurzen Wetlook-Kleidchen mit dem durchsichtigen Oberteil brauchte, war dies schon einmal gesetzt. Dazu gehörten natürlich unbedingt noch halterlose, ebenfalls schwarze Strümpfe mit breitem Spitzenrand und meine glitzernden, schwarzen Bettschuhe - Pumps mit hohem, spitzen Absatz. Also ab ins Schlafzimmer und umziehen. Wie immer, ließ ich auch jetzt die Türe offen und mein Fotograf folgte mir. Ich bemerkte schon beim Ausziehen, dass sich da in der Hose eine hübsche Beule abzeichnete und musste schmunzeln. Ignorierte dies jedoch für den Moment erst noch einmal gekonnt.

Es folgten die ersten Bilderserien - mit mir bäuchlings auf dem Bett liegend. Von vorne - mit einem hübschen Blick ins Gesicht und Dekolleté oder von schräg oben auf die ganze Silhouette mit überkreuzten Beinen im Hintergrund. Dann kniete ich auf dem Bett - entweder mit aufrechtem Oberkörper oder im Vierfüßlerstand bzw. ich lag auf dem Rücken - jeweils mit einem freien Blick zwischen meine Beine. Es folgten Detailaufnahmen von meiner Kehrseite, bei denen ich von vorne eine Hand zwischen meine Schenkel geschoben hatte. Nicht - ohne natürlich - dass das eh schon kurze Röckchen noch ein wenig nach oben gezupft wurde, damit die Rundungen des Pos noch ein wenig besser zu sehen waren.

Wie stets - merkte ich irgendwann, dass mein Bekannter allmählich etwas unkonzentriert wirkte, was ein Blick auf seine Hose bestätigte. Also dachte ich mir, es wäre Zeit, ihn vom Warten zu erlösen und schlug vor, dass wir jetzt das ‚Privat-Lesungs-Bild' in Angriff nehmen sollten.

Dazu setzte ich mich mit etwas gespreizten Beinen auf den Rand meines Bettes und nahm eines meiner Bücher - So sexy ist der Norden - aufgeschlagen in die rechte Hand, während er sich seiner Hose entledigte. Mit der linken Hand griff ich nach seinem schon recht gut stehenden Schwanz, zog ihn daran näher zu mir und spukte kurz darauf, um ihn dann zu wichsen.

Ich blickte nach oben in sein Gesicht und sah seine genießerisch geschlossenen Augen, gefolgt von einem: „Na endlich!".

Ich lachte leise vor mich hin. Ich mochte es, ihn ein wenig warten zu lassen. Besonders, wenn er dann so ein Gesicht machte. Natürlich hätte der Handjob für das gewünschte Bildmaterial schon ausgereicht, aber ich beschloss, dass er sich durchaus eine Art Honorar verdient hatte. Also öffnete ich die rotgeschminkten Lippen und ließ sie langsam über seine Eichel und den Schaft hinunterwandern. Während meine Zunge seine Schwanzspitze und den Schaftrand nebst Bändchen umspielte. Meine linke Hand strich von hinten über seinen Damm und die Eier nach vorne, während ich seinen Schwanz immer tiefer in mich einsaugte. Dabei dachte ich kurz, dass das Bild so sicherlich noch viel besser aussehen würde, denn inzwischen war der Ständer doch erheblich größer, wie noch vor ein paar Minuten.

Eigentlich wäre die Szene gerade sogar filmreif. Ich mit dem Buch und dem Ständer in den Händen und er vor mir stehend - mit beiden Händen an meiner Kamera. Wobei es aus meiner Perspektive irgendwie so aussah, als würde er sich an dieser festhalten. Eine sehr lustige Fotosession! Allerdings sollten wir uns jetzt wohl besser wieder aufs Bildermachen konzentrieren, denn ansonsten würden dies höchstens Cumshot-Bilder werden, aber nicht das eigentlich vorgesehene Motiv.

Ich zog mich also - unter leichtem Protest seinerseits - zurück, ließ jedoch meine Finger an seinem Schwanz und wichste diesen weiter, während ich auf das Buch sah und das Klicken der Kamera vernahm.

Wobei wir auf die Hand an meinem Hinterkopf bewusst verzichtet hatten. Nicht deshalb, weil ich das nicht mögen würde, sondern weil mir eine klein wenig andere Bildaussage vorschwebte. Ich habe zwar eine leicht devote Ader, die manchmal beim Spielen zu Tage tritt, mehr aber auch nicht. Obwohl ich Bücher liebe, liegt meine Priorität jedoch immer ganz automatisch auf den wirklich wichtigen Dingen - in diesem Fall also ganz sicherlich auf dem Schwanz. Ohne, dass man mich darauf erst extra hinweisen müsste.

Nachdem wir eine ganze Serie aus verschiedenen Blickwinkeln aufgenommen hatten, war es dann Zeit, ihn endlich zu erlösen. Ich zwinkerte ihm zu und fragte kurz, ob er alles im Kasten hatte. Es folgte nur ein knappes ‚Ja‘, weshalb sich dann meine Lippen wieder um seinen harten Schwanz schlossen. Ich schob meine Hand schnell auf seinem Schaft hinauf und hinunter und saugte kräftig an seiner Eichel, die ich zwischendurch immer wieder mit meiner Zunge neckte. Dann legte ich das Buch zur Seite und knetete mit der anderen Hand seiner Eier. So dauerte es auch nicht lange, bis sein Becken anfing zu zucken und sein Sperma mit einem letzten, tiefen Stoß munter in meinen Mund und Hals sprudelte. Mein Eiweißshake für diesen Tag war somit auch erledigt und ich ging lachend in die Küche, um uns etwas zu trinken zu holen.

Als ich damit ins Schlafzimmer zurückkam, klopfte er nur mit der flachen Hand neben sich aufs Bett, auf dem er inzwischen saß. Ich musste automatisch über diese - durchaus vertraute - Geste lächeln. Denn obwohl wir vorher nicht darüber gesprochen hatten, war mir spätestens jetzt schlagartig klar, dass er sich sicher für den Blowjob revanchieren wollte. Er war halt immer noch ein riesengroßes, erwachsenes Spielkind, das am liebsten mit ganz realen Puppen spielte.

Ich folgte seiner wortlosen Aufforderung nur zu gerne, da ich inzwischen auch schon ziemlich rollig war. Ich setzte mich neben ihn, lehnte mich zurück und schwang meine Beine über seinen Kopf hinweg, um dann weit gespreizt auf dem Rücken liegend, seinem Forscherdrang freien Lauf zu lassen.

Er kniete zwischen meinen Beinen und nachdem seine Finger erst sanft über die Innenseiten meiner Schenkel zwischen meine Schamlippen gewandert waren, verteilte er meinen Saft auf meiner Klit. Um ihn anschließend genüsslich wieder abzulecken. Er züngelte solange gekonnt, bis ich das erste Mal kam. Er streichelte mich aber einfach weiter, öffnete geschickt den praktischen Reißverschluss an der Vorderseite meines Kleidchens, legte meine Möpse frei und kniff mich in die Nippel.

Schon nach wenigen Minuten wurde er wieder drängender, bis dann auch seine Finger endlich den Weg in meine schmatzende Muschi fanden. Er stieß immer heftiger in mich hinein, während seine Zunge wieder meine Klit reizte. Ich merkte, wie mein Saft die Poritze hinablief, trotzdem verlangte mein Kopfkino gerade noch nach etwas anderem.

Ich öffnete kurz die Augen und sagte nur: ‚Ich hätte gerne auch noch etwas im Arsch‘.

„Dein Wunsch ist mir Befehl“, kam die lachende Antwort.

Dann wanderten auch schon zwei Finger meinen Damm entlang - Richtung der gewünschten Position und verteilten neben meinem Saft auch noch etwas Spucke auf und um meine Rosette. Ich spürte erst einen, dann den zweiten Finger in mich eindringen - oder waren es drei? Ich habe nicht gefragt. Wichtig war nur, dass es sich genauso ausgefüllt und dringend anfühlte, wie ich mir dies gerade vorgestellt hatte, weshalb ich mich auch ganz automatisch voller Lust dagegen presste. Sein Daumen spielte dabei erst auf und dann in meiner Muschi, während seine Zunge wieder mit meiner Klitoris beschäftigt war. Dieses Mal kam ich noch sehr viel heftiger, wie beim ersten Mal, was man auch deutlich hören konnte.

Was für eine phantastische Idee, mir ausgerechnet dieses Bild zu schicken und es dann vor allem auch noch nachzustellen!

Normalerweise enden diese sexy Bildertauschaktionen nie mit realem Sex, sondern sind eine rein virtuelle Bereicherung unserer Tage - mit Ausnahme von diesem Nachmittag. Unnötig zu sagen, dass ich auf unsere Pornobildchen-Gruppe wirklich nur sehr ungern verzichten würde.

Besonders auch deshalb, weil ich dem Rest der Truppe natürlich erzählt hatte, dass ich das Privat-Lesungs-Bild nachgestellt und das Ergebnis selbstverständlich anschließend auch verschickt hatte. Was für einen ebenfalls sehr sexy Afterglow sorgte, der auch an den nächsten Tagen noch nachhallte. In Form von lustigen Nachfragen der anderen, ob das Buch die Fotoaktion auch wirklich heile überlebt oder ob er mir da draufgespritzt hatte. Worauf ich nur lachend antwortete, dass es deutlich bessere Spritzflächen gibt, die mehr Laune machen.

Die jugendfreie Version dieses Bildes findet sich etwas weiter unten ;-)

Nach der Idee einer Lady:
K.D. Michaelis (53) aus Hannover

Zeitreise der Lust

Wieder so ein Ereignis, vor dem man auch noch lange Zeit später staunend steht. Selbst im Nachhinein kommt es mir noch recht unwirklich vor. Dennoch ist es passiert.

Vor ein paar Jahren hatte ich beruflich in der Nähe der Stadt zu tun, in der ich aufgewachsen war. Wie ich auf die Idee gekommen bin, nach meinem Termin dort noch einmal hinzufahren, weiß ich nicht mehr genau. Dennoch verschaffte mir dieser spontane Einfall ein wunderschönes Erlebnis.

Ich weiß noch, dass es im Spätsommer war - ein wirklich sehr warmer Tag. Am späten Vormittag hatte ich meinen Termin erledigt und es war noch Zeit. So fuhr ich mit dem Wagen einige Kilometer weiter in meine Heimatstadt, um mich dort noch einmal umzusehen. Ich lenkte mein Auto über die Umgehungsstraße und verließ diese an der Ausfahrt, die in das Viertel führte, in dem ich groß geworden war. Eine Vorstadtsiedlung, die durch eine breite Straße geteilt wurde.

Es war um die Mittagszeit, als ich mit dem Wagen langsam unter den Bäumen hindurchzuckelte. Das ließ mir Zeit, in Erinnerungen zu schwelgen, die sich ganz von selbst in meine Gedanken drängten. Genau hier hatten wir gespielt und waren mit unseren Fahrrädern herumgedonnert.

Nach einiger Zeit sah ich vor mir die Kreuzung mit diesem kleinen Kiosk und erinnerte mich sofort. Hier hatten wir uns immer mit Eis und kleinen Erfrischungen gestärkt. Aber der war sicher schon seit langem geschlossen. Ich fuhr langsam weiter und wunderte mich, denn der Kiosk schien tatsächlich noch in Betrieb zu sein.

Neugierig bog ich ab und sah zu dem flachen Gebäude an der Straßenecke hinüber. Zwar ließ sich auf die Entfernung in dem großen Schaufenster nichts Genaueres erkennen, aber die - mir nur zu gut vertraute - Tür stand weit offen. Ich suchte mir in einiger Entfernung eine Parkbucht und stieg aus. Keine Ahnung, was mich getrieben hatte, in den Laden zu gehen.

Die Auslagen im Fenster waren abgebaut. Dafür standen dort ein paar hohe Hocker um Bistrotische herum. Die Theke war noch genau so, wie ich sie in Erinnerung hatte. Auch der hintere Raum rechts daneben enthielt noch die gleichen Regale mit Lebensmitteln, Obst, Zeitungen und anderem Allerlei. Neugierig sah ich mich eine Zeit lang um.

Dann kam Lisa. Ich wusste noch, der Laden hatte Lisas Mutter gehört und sie selbst hatte oft dort ausgeholfen. Damals musste sie vielleicht Anfang Zwanzig gewesen sein. Sie war immer freundlich gewesen und ich hatte sie noch recht gut in Erinnerung. Sie erkannte mich natürlich auch sofort, obwohl inzwischen sicher deutlich mehr als zwanzig Jahre ins Land gezogen waren. Damals trug sie ihr dunkelblondes Haar recht lang, nun nur noch bis in den Nacken. Über ihrem bunten Kleid eine ziemlich praktische Schürze, die sicher zu ihrer Arbeit hier gehörte. Sie musterte mich aufmerksam und grinste.

„Hallo Lisa", sagte ich - immer noch erstaunt, „das ist ja ein Ding."

Sie lachte und sagte: „Ja, damit war wirklich nicht zu rechnen. Ich erinnere mich noch sehr gut an euch."

So standen wir etwas verwundert voreinander.

„Möchtest du einen Kaffee?"

„Ja, wenn es dir keine Umstände macht?"

„Nein, es ist ja gleich Mittag, da mache ich ohnehin zu. Setz dich doch", bat sie mich - freundlich wie eh und je.

Damit huschte sie zur Tür, verschloss sie und zog die Rollos über Fenster und Tür zu. Ich fühlte mich fast in eine andere Zeit zurückversetzt. Lisa schwebte hinter die Theke und machte sich an der Kaffeemaschine zu schaffen. Aus den Augenwinkeln konnte ich sehen, wie sie die Schürze ablegte. Dann kam sie mit dem Kaffee zurück und setzte sich mit ihren herrlich blauen Augen mir gegenüber und lächelte wieder.

Es entspann sich ein leichtes, aber langes Gespräch. Wir erzählten uns, was wir so taten und so erfuhr ich, dass sie das Geschäft von ihrer Mutter übernommen und auch deren Haus geerbt hatte. Ich erzählte etwas von meinem Lebensweg und bald kamen wir nicht umhin, auch über Rückblenden in ‚alte Zeiten' zu reden. Wir erinnerten uns beide gerne an diese Tage. Wir lachten viel und ließen unsere Erinnerungen aufleben.

„Ihr wart ja damals ganz schön knackig", bemerkte sie plötzlich.

„Wie meinst du das denn?"

„Na meinst du, ich hätte nicht gesehen, wie ihr damals da hinten um die Zeitungsständer herumgelungert seid?". Dabei wies sie mit einer Kopfbewegung in Richtung des rückwärtigen Raumes.

Tatsächlich hatten wir uns früher regelmäßig im Halbdunkel an diesen Zeitungständern herumgetrieben. Denn im unteren Bereich fanden sich dort manchmal Gazetten mit leicht oder gar nicht bekleideten Mädchen auf dem Titelbild.

„Oh - ähm... Du hast uns beobachtet?"

„Naja? Ich war jung", sie lachte auf. „Und bei euren engen Jeans..."

Und ja: wir mussten unsere Eltern quasi auf Knien anflehen, damit wir die - damals so angesagten - sehr engen Jeans bekamen.

„Ähm... ja", sagte ich ertappt.

„Sah schon gut aus...", fand sie. „Da konnte man schon was ahnen, so eng wie die Dinger waren."

Ich hüstelte verlegen. „Naja, wir waren ja noch jung", versuchte ich mich herauszureden und dachte angestrengt darüber nach, dem Gespräch irgendwie eine andere Wendung zu geben. Aber daraus schien nichts zu werden.

„Und jetzt - sicher erfahrener, hm?"

„Och..."

„Och? Ich wollte damals schon immer wissen, wie weit ihr euch so traut", damit stand sie auf, holte sich eine Banane aus der Obsttheke und setzte sich wieder zu mir. Sie sah mich direkt an und befreite die Banane dabei viel zu langsam von ihrer Schale. Ich hatte keine Chance wegzusehen. Auch dann nicht, als sie sich die Banane - wiederum viel zu langsam - ein kleines Stück zwischen ihre Lippen schob und sie ebenso spielerisch, wie vermeintlich zufällig, feucht wieder entließ. Nicht ohne dabei meinen Blick festzuhalten.

Dann schaute sie mir genau zwischen meine Beine - so, dass ich es einfach bemerken musste. Zog kurz die Augenbrauen hoch, versenkte die Banane erneut etwas in ihren Mund und biss keck ein kleines Stück oben ab. Mir war heiß und kalt zugleich. Lisa grinste mich an.

„War eine schöne Zeit damals", sagte sie versonnen. „Hätten wir uns mal bloß getraut, was denkst du?"

Ich zuckte irritiert mit den Schultern. „Ich weiß nicht?"

Sie sah erst nachdenklich auf die Banane und dann wieder mich direkt an.

„Hmm..." Pause. „Und... was traust du dich heute?"

Ich hielt ihrem Blick stand und spürte ein merkwürdiges Selbstbewusstsein in mir aufsteigen, während ich mich ganz ruhig sagen hörte: „Willst du das herausfinden?"

Lisa lächelte kurz.

„Wer weiß?", sagte sie und stand auf, um die Rollos wieder zu öffnen und die Tür aufzuschließen. Auch ich erhob mich.

„Danke für den Kaffee".

Sie nickte nur und überlegte einen Moment. „Ich mache gegen halb sechs hier zu. Du könntest mich abholen." Pause. „Wenn du dich traust".

„Wer weiß?", gab ich zurück.

Langsam und ganz in Gedanken versunken, ging ich zu meinem Wagen. Ich stieg ein, fuhr ziellos etwas herum, hielt dann in der Nähe des Stadtparks, stellte das Auto ab und lief ein paar Schritte. An einem Kiosk kaufte ich mir ein kaltes Bier und setzte mich in der Mittagssonne auf eine Bank.

Was für eine merkwürdige Geschichte. Ob ich mich etwas traue? Eigentlich eine direkte Aufforderung. Oder nur ein dummer Spaß? Ich überlegte hin und her. Jetzt einfach nach Hause zu fahren, wäre ja etwas zu billig. Zudem vermutete ich, dass Lisa sicher genauso neugierig war, wie ich. Auf was auch immer. Naja, eigentlich war es ja fast klar. Oder?

Die wirklich wichtigen Termine hatte ich erst morgen Mittag. Ich könnte mir also den Vormittag freihalten. Wer weiß schon, was noch passieren könnte oder würde? Möglichkeitsformen, die mich einigermaßen fesselten.

Dabei war mir klar, dass ich die Entscheidung eigentlich schon längst getroffen hatte - jenseits aller Beschwichtigungen oder Vernunft. Um mich ganz darauf einzulassen, führte ich ein paar kurze Telefonate, um zwei weniger wichtige Termine aus dem morgigen Vormittag zu verbannen. Damit erteilte ich mir Absolution.

Um halb sechs, hatte sie gesagt. Bis dahin war noch etwas Zeit. Ich lehnte mich auf der Bank zurück, genoss das kalte Bier und versuchte, mich an damals zu erinnern. Klar hatten wir uns an den reichlich keuschen Bildern der Illustrierten berauscht - wir waren ja quasi ungestört. Aber um mit Lisa etwas anzufangen, war ich früher natürlich viel zu schüchtern gewesen. Im Übrigen war sie sicher fünf bis sechs Jahre älter als wir und damit unerreichbar. Das wäre damals undenkbar gewesen. Aber heute? Sicherlich ganz anders, überlegte ich. Während sich immer wieder diese leisen Anfälle von Neugierde - verbunden mit kleinen Aufgeregtheiten - in meine Gedanken mischten.

Wohin sollte ich sie eigentlich abholen? Hm. So verstrich der Nachmittag. Schließlich fuhr ich viel zu früh los. Ich versuchte das zu kompensieren, indem ich sehr langsam dahinrollte. Was natürlich völliger Unsinn war, denn als ich mit dem Wagen um die Ecke bog, war es gerade einmal Viertel nach fünf. Also hielt ich weit vor ihrem Laden an, genau dort, wo ich mittags schon gestanden hatte und wartete. Es war immer noch sehr warm. Als ich ausstieg, konnte ich aus den Augenwinkeln sehen, wie Lisa wieder die Rollläden hinunterließ und ich blieb am Wagen stehen. Schließlich kam sie mitsamt ihrer Tasche heraus, schloss die Tür des Ladens ab, drehte sich um und sah mich.

Lächelnd kam sie auf mich zu. „Na, du traust dich ja doch", sagte sie sanft. „Fährst du mir hinterher?"

Ich nickte nur, was sie kaum zu bemerken schien. Sie ging auf die andere Straßenseite und stieg in einen etwas älteren Golf. Ich wendete meinen Wa-

71

gen und so fuhren wir wieder auf die Ortsumgehung. Alsbald bog sie ab - wieder in eine Vorstadtsiedlung. Dieses Mal jedoch am anderen Ende der kleinen Stadt. Auch diese Gegend kannte ich gut. Schmale, mit Bäumen gesäumte Straßen mit vielen alten Häusern und Gärten. Wenig später hielten wir vor einer dichten, hohen Hecke. Wir stiegen aus und Lisa wies auf eine - beinahe romantisch zugewachsene - Holzpforte.

Ich folgte ihr und hinter dem Gartentürchen öffnete sich ein schöner, verwunschener Garten - mit vielen kleine Nischen. Überall verströmten Blumen und blühende Sträucher ihren Duft. Es gab sogar einen kleinen See, zu dem ein schmaler Weg aus alten Steinen führte. An seiner Seite standen auf einem gepflasterten Stück ein paar Korbsessel samt kleinem Beistelltisch. Die hohe, grüne Hecke umschloss das Grundstück vollständig. An der gegenüberliegenden Seite eines dieser kleinen Siedlungshäuser aus rotem Klinker mit einer schmalen Terrasse an der Gartenseite. Ich blieb staunend stehen und sah mich um.

Auch Lisa blieb auf ihrem Weg zur Terrasse kurz stehen und strahlte mich an: „Gefällt's dir?"

„Ja, es ist toll hier – wirklich sehr schön."

„Ja. Und ruhig. Niemand, der stört. Setz dich doch - ich mache etwas zu trinken und zieh mich kurz um", schob sie nach und verschwand im Haus.

Ich ließ mich also in einem der halbhohen Korbsessel nieder und sah mich um, genoss den wildromantischen Garten, die Wärme und die Ruhe. Ich hatte mich getraut. Aber was?

Es dauerte eine Zeit, bis sie barfuß zurück in den Garten kam - sie hatte sich offensichtlich umgezogen. Ein fast bodenlanges, indisch wirkendes Kleid aus diesem schönen, knittrigen Stoff in leuchtendem Gelborgange. Es war im Empire-Stil vorne durchgeknöpft, wodurch es sich fest über ihre Brüste spannte. Ich hatte diese Ahnung, dass sie nichts darunter trug.

In der Hand hielt sie ein kleines Tablett mit ein paar Früchten und zwei exotisch wirkenden Drinks. Sie stellte es auf dem kleinen Gartentisch ab, reichte mir ein Glas, setzte sich mir gegenüber in den ausladenden Korbsessel und musterte mich aufmerksam.

„Schön, dass du dich getraut hast... mitzukommen".

Ich nippte an meinem Drink und sah, wie sie sich eine Banane nahm und diese - wie schon vorhin im Geschäft - viel zu langsam abschälte und die Spitze genüsslich ableckte. Natürlich hatte ich wieder absolut keine Chance wegzusehen.

„Deiner ist bestimmt größer, als diese Banane - oder?" sagte sie ruhig.

Ich verschluckte mich fast, konnte mich aber zu einem Schulterzucken durchringen. Sie lächelte mich an, legte den Kopf sehr weit zurück und ließ diese Banane ungeheuerlich tief in ihrem Mund verschwinden, zog sie wieder heraus und biss mit einem kleinen Lachen ein Stück ab.

Sie sah meinen erstaunten Blick und fragte: „Findest du's anregend?"

„Das kann man wohl sagen", sagte ich - sicher etwas bemüht.

„Nochmal?"

Ohne meine Antwort abzuwarten, lehnte sie sich wieder weit zurück und wiederholte alles in ausführlichster Langsamkeit. Sie holte kurz Luft, lächelte wieder versonnen und sah mir sehr direkt und aufmerksam zwischen die Beine.

„Na - früher waren die Jeans enger", lachte sie.

Es war wie ein Spiel, das sie begonnen hatte. Und ich konnte ihren Zügen folgen. Wenn auch noch etwas unsicher. Ich trank einen Schluck, lehnte mich zurück und öffnete mich für ihren Blick etwas.

„Ja, stimmt", sagte ich und sah an mir herunter. Es ließ sich ohne viele Mühe sehen, was sich da abzeichnete. „War auch viel unbequemer."

„Ja, ich habe nichts gegen Bequemlichkeiten", sagte sie und trank auch einen Schluck von diesem anregenden, bunten Mixgetränk.

Meine Aufregung wuchs, auch weil sie langsam und versonnen anfing, die obersten Knöpfe ihres Kleides zu öffnen und offenbar Gefallen an meinen Blicken fand, die ich nicht abwenden wollte und konnte.

Der sichtbare Streifen Haut, der zwischen ihren Brüsten anfing, wurde immer länger und als sie den letzten Knopf auf ihrem Oberschenkel geöffnet hatte, nahm sie ihr Glas, trank mit schelmischem Blick einen Schluck, löste ihre übereinandergeschlagenen Beine und der dünne Stoff fiel nach hinten. Ihre prachtvollen Brüste wippten leicht, als sie Drink abstellte und nun ihren linken Oberschenkel langsam über die Lehne des Korbstuhles schob. Fast erschrocken sah ich mich um, in Erwartung, jemand würde uns beobachten.

„Hier sieht mich niemand", lächelte sie. „Außer dir natürlich..."

Ich atmete tief durch und sah sie an. „Bequemer so?", rang ich mir ab.

„Ja, schon besser."

Sie freute sich sichtbar über meine Blicke und lehnte sich zurück. Nicht nur fast eine Offensive. Ihre Brüste waren straff, voll und reif - mit weichen dunkelroten Knospen. Um ihre Taille schlang sich ein sehr schmales, silbernes Kettchen, das perfekt zu dem kleinen, schlichten, aber recht hellen Funkelsteinchen in ihrem Bauchnabel passte. Fast wie selbstverständlich stand ihre nackte Scham halb offen, darüber zog sich ein sehr schmaler, vielleicht einen knappen Zentimeter breiter Streifen ihrer dunkelblonden Härchen über ihren Hügel und betonte ihre Spalte überraschend gut. Bei diesem Anblick konnte ich einfach nicht stillsitzen und musste mich irgendwie räkeln.

„Zu unbequem?", wollte sie wissen und bewegte sich leicht.

„Gleich nicht mehr, hoffe ich", sagte ich fest und zog mir unter ihren interessierten Blicken ruhig das Shirt über den Kopf.

Das kann ich auch, dachte ich mir und knöpfte dann ebenfalls viel zu langsam meine 501 auf und streifte mir ebenso ruhig und spielerisch auch meine restlichen Klamotten vom Körper. Dann lehnte ich mich wieder zurück, angelte mir den Drink und registrierte zufrieden, dass sie nun mir fasziniert zusah.

„Besser, oder?", stellte sie ruhig fest und ich nickte.

Sie blickte lange ruhig auf meinen Schwanz, der sich schon deutlich sichtbar angehoben hatte.

„Ja, fast so, wie meine Vorstellung", schmunzelte sie.

„Wie deine Vorstellung?", ich sah kurz an mir hinunter. „Was war denn deine Vorstellung?"

„Das er ungefähr so groß ist."

„Ich bin beruhigt", lächelte ich.

„Nein, das bist du sicher nicht. Genauso wenig wie ich", sie strich sich langsam über die Brust.

„In dem Sinne nicht, da hast du recht" und mein Schwanz erhob sich weiter.

„Das ist doch gut, oder?", fragte sie, als sie mit ihrem Kettchen spielte.

Meine Hand lag dabei tief unten am Schaft meines jetzt vollständig erhobenen Schwanzes.

Ich entgegnete: „Auf jeden Fall ziemlich spannend", mit Blick auf ihre Finger, die über ihrem Hügel schwebten.

„Ja, das ist es", wobei ihr Blick auf meiner langsamen Handbewegung ruhte.

„Jetzt steht er ganz", bemerkte sie und zog ihre Finger über den schmalen Haarstreifen.

„Ja."

Sie streckte sich und legte den Kopf etwas zurück. „Komm, ich zeig dir den Bananen-Trick."

„Was?", entfuhr es mir. Obwohl ich ganz genau wusste, was sie meinte.

„Traust du dich?"

Sie hatte ihre Frage noch nicht ganz ausgesprochen, als ich aufstand und sehr langsam auf sie zuging. Sie streckte sich lasziv, nahm sich ein Kissen und legte es sich in den Nacken. Dann neigte sie ihren Kopf aufreizend langsam weit nach hinten über die schmale Lehne.

„Traust du dich denn?", fragte ich - noch immer unsicher, als ich hinter ihr stand.

„Sicher."

Ich spreizte meinen Schwanz etwas ab, um ihre Lippen erreichen zu können. Diese öffneten sich sofort, als ich sie berührte und umschlossen meine verborgene Eichel mit wilder Wärme. Vorsichtig glitt ich weiter, bis mein Schwanz fast bis zur Hälfte in ihr verschwunden war. Aufgeregt zog ich mich zurück, während mein nasser Ständer auf und ab wippte, als ihr Mund ihn wieder freigab.

„Ja... wie schön..., aber du kannst tiefer", lächelte sie. „Halt mich und trau dich..."

Ich atmete hart. „Komm", bat ich und ihr weit offener Mund umfing meine Eichel wieder.

Ich hielt sanft ihren Kopf und ihr Mund öffnete sich weiter, umschloss mich pulsierend. In einem ersten Lustschauer wagte ich kleine Bewegungen, die sie mit sanften Lauten aufnahm. Inzwischen steckte mein Schwanz - auf ihr Drängen hin - deutlich tiefer als zur Hälfte in ihrem Mund, so dass ich mit meiner Eichel ihre aufglühende Kehle spüren konnte. Zitternd traute ich mich, diesen ersten, vorsichtigen, leisen Stoß auszuführen, den sie völlig ruhig entgegennahm. Nass und hart stand er vor mir.

„Nochmal so schön langsam, bitte", kam ihre Aufforderung - mit dieser leichten Aufregung in ihrer Stimme. Ein drittes Mal schob ich mich sanft weiter und weiter und musste meine Aufgeregtheit besänftigen. Wir rangen beide nach Luft. Mein glühender Schwanz glänzte.

Sie sagte: „Du traust dich."

Dann drehte sie sich zu mir um, kniete sich auf den Korbsessel und sagte: „Gib mir deine erste Aufregung."

„Und die danach?", fragte ich noch immer schwer atmend.

„Sie kann viel mehr werden, wenn ich dir traue".

Sie nahm meine Hand und führte sie in ihren Nacken. „Lass dich fallen..." - mit diesem sanften Timbre in ihrer Stimme.

Ich bot ihr meinen pochenden Schwanz in meiner Hand dar, während ihre Zunge meine Eichel weich und langsam umspülte. Dann schob sie meine Hand von meinem Schwanz und als ich mich ein Stück in ihren Mund versenkte, erwachte unter ihrem leisen Schnurren dieses unfassbare Zungenspiel.

Ich nahm ihre Bewegungen auf und als sie spürte, dass ich gleich spritzen würde, ließ sie kurz von mir ab, sah mich an und sagte kaum hörbar: „Komm."

Ich versenkte meinen harten Schwanz wieder in ihrem Mund und spürte sein Pulsieren. Als ich - mit bisher noch zurückhaltendem Aufstöhnen - aufgereizt abspritzte, war mein Griff in ihrem Nacken sicher zu fest. Bald sah sie zu mir hoch.

„Das war ein schönes Vorspiel", lachte sie leise und erhob sich. Dann fragte sie: „Gibst du mir auch eins?", als sie neben mir stand und ihr Glas entleerte.

Ich war immer noch überrascht.

„Wenn du mich lässt?"

„Magst du die Drinks?"

„Sie sind sehr gut". Ich sah auf mein leeres Glas.

„Geh doch schon hoch, ich mache uns noch was". Dabei begann sie, unsere Klamotten einzusammeln.

Nackt, wie ich war, folgte ich den Steinplatten zur Terrasse und betrat das Haus. Durch ein kleines, gemütliches Wohnzimmer gelangte ich in einen schmalen, kurzen Flur, in dem eine ebenso schmale Holztreppe nach oben führte. Neugierig folgte ich den Stufen. Am Ende eines weiteren kleinen Ganges stand eine Tür auf.

Ich trat in einen etwas größeren Raum mit Dachschrägen, in dem merkwürdigerweise - und damit auch irgendwie verheißungsvoll - fast in der Mitte ein schweres, großes und altertümliches Himmelbett aus wuchtigem, dunklem Holz mit rundherum gerafften Vorhängen stand. Das Fenster an der Stirnseite des Raumes war mit dunklem Stoff verhängt, der nur ein diffuses Licht in den Raum ließ. Rechts und links neben dem Himmelbett befand sich jeweils ein kleines Nachttischchen im gleichen Stil. Ein großer, flacher Teller aus Steingut mit einigen Kerzen auf dem Boden und die dunklen Strukturtapeten verstärkten die seltsam verheißungsvolle Stimmung zusätzlich. Ich trat ans Bett und setzte mich. Kurze Zeit später hörte ich Lisa die Treppe hochkommen. Sie reichte mir in all ihrer herrlichen Nacktheit ein Glas und schob die Tür zu.

„Bequem?", fragte sie lächelnd, als sie zu mir kam.

„Ja", sagte ich und trank einen Schluck. „Machst du es dir auch bequem?"

„Natürlich", sie stellte ihr Glas ab.

Ich sah mich kurz um. „Oder traust du dich?"

„Sicher," sagte sie wieder leise.

Ich stand kurz auf, nahm sie bei der Hand und führte sie mit dem Rücken gegen eine der massiven Stützen des Himmelbettes.

„Vielleicht solltest du dich festhalten?", reagierte ich auf ihren fragenden Blick.

Lisa stand vor der Stütze. Als ich mich direkt vor sie stellte, schien sie sofort zu verstehen. Sie schlang ihre Arme hinter die Stütze, verschränkte ihre Hände und lehnte sich langsam nach hinten. Ich stand lange vor ihr und sah sie genau an. Als ich ihr langsam und sanft über den Hals strich, schloss sie die Augen. Meine Finger vorsichtig auf ihren vollen und festen Brüsten, verspielt auf der weichen Haut. Ihre Knospen begannen langsam aufzublühen, ohne dass meine Finger sie berührten. Frech und fordernd richteten sie sich auf. Ich wog ihre Brüste sanft, berührte neugierig ihre harten Blüten; sie streckte wohlig ihren Hals. Meine Finger spielten lange und neckend an ihrem Taillenkettchen.

Wieder verstand sie, als ich mich vorbeugte, um ihr einen feuchten Kuss auf den Nabel zu hauchen. Mit einer kleinen Drehung bog sie sich leicht durch, stellte ihren rechten Fuß auf die Bettkante und hielt dabei immer noch ihre Arme hinter dem Pfosten verschränkt. Eine wundervolle Aufforderung und ich konnte vor ihr in die Hocke gleiten. Der schmale Streifen ihrer Härchen auf dem Hügel endete genau dort, wo ihre weichen Lippen sich leicht öffneten. Verlockend. Aber ich ließ mir Zeit, strich mit den Fingern leise über ihre Oberschenkel, umkreiste ihre Lippen, kraulte zärtlich ihren Haarstreifen, ohne sie jedoch dort zu berühren, wo sie es erhoffte. Sie summte sanft vor sich hin.

Mein winziger Kuss - genau dort, wo ihre Härchen endeten - war wie ein Signal. Ein kleines Zucken durchlief sie. Ich lockte sie mit einem weiteren winzigen Kuss und spürte, wie sie das aufgestellte Bein weiter öffnete. Ein kleiner warmer Atemzug auf ihre leicht offene Pracht. Zart leckte ich sie an den Seiten ihre weichen Lippen, spürte ihre Bewegungen. Mich gleich in ihre Hitze zu versenken, wäre ganz einfach gewesen. Ihre Einladung war ganz offensichtlich und wirklich sehr reizvoll. Trotzdem konnte ich mich beherrschen und umspielte diese Verlockung mit kleinen Variationen: weich und lange, fest und ungezügelter, ruhig und aufwallend. Als ich weit oben endlich ihre Lippen teilte, drängte sie sich mir mit einem fast unerhörten Laut entgegen.

Nun konnte ich vollenden, kosten. Meine Zunge säuselte durch ihre sanft glühenden, weichen Lips, breit und fest. Sie gab jede meiner Bewegungen zurück. Sie hielt sich am Pfosten fest, als ich mit stillem Druck ihr Bein immer weiter aufschob, bis sie sich vollends geöffnet hatte. Ihr rhythmisches Drängen nahm ich auf. Es wurde unruhiger, als ich ihre gut sichtbare Klit umtänzelte, in jeder Bewegung kam ihr Atemstoß. Meine Zunge umflirrte ihre weit geöffneten Lippen, in die ich nass und immer fordernder eindrang. Eine wunderbare Klit versprach mir diese leise Raserei und mein Schwanz stand schon lange und voller Versuchung.

Ihr Atem kam stoßweise unter meiner Zunge, aber sie hielt sich immer noch fest. Dabei wand sie sich in diesen wunderbaren und fast lüsternen Bewegungen, die nur Frauen zu eigen sind. Als ich mich sanft an ihrer Klit festsaugte und mein Zungenspiel nicht unterbrach, drängte sie mir in einer beinahe wüsten Bewegung ihre Muschi entgegen und ich lutschte mit fast genauso wüstem Drängen - als verstandene Aufforderung - mehr und mehr, tiefer und euphorischer. Ein wahrhaft ausgiebiges und völlig versunkenes Spiel, das sich lange zog und unsere Lust aneinander immer weitertrieb.

82

Bis ich zu ihr hochsah. Ihr Bauch und ihre Brüste bebten, ihr verwundener Hals, ihre geschlossenen Augen, ihr verstörender Atem, die Umklammerung ihrer Arme, die ich löste, als ich aufstand.

Wie sie in die Kissen am Kopfende sank, an sich heruntersah, als sie sich erneut öffnete, sich viel zu ruhig in die Kniekehlen griff, um ihre Beine aufzuziehen - alles nur mit dem Hintersinn, mich dazu verlocken, endlich in sie zu stürzen.

Wortlos kniete ich mich vor sie und sah wie betrunken, wie meine wild geschwollene Eichelspitze an ihrem weichen, jetzt beinahe offenen Tal spielte. Wie von selbst drang ich in ihre verlangende Glut ein. Dieser süße, langgezogene Laut, mit dem sie mich empfing. Langsam und tief nahm sie mich sogleich in ihre erregte Enge auf. Ich spürte meinen Schwanz in ihr aufstehen.

Sie raunte wohlig, als ich meine ersten langsamen Züge begann, noch kontrolliert, als wenn wir uns vorbereiten müssten. Als wäre jede Bewegung eine Bereicherung des Augenblicks. Die Wellen unserer Erregung kamen langsam. Nun waren es meine Hände in ihren Kniekehlen und der Blick auf ihre so weit gespreizte Blöße war absolut hinreißend. Ich genoss es, ihre Erregung in ihren Augen aufflackern zu sehen, in ihrer Stimme zu hören.

„Guuut..., guuut... guuut, guuut... guuut" seufzte sie halblaut bei jedem Stoß.

Manchmal zog ich mich fast ganz aus ihr zurück, um mich dann wieder sanft und tief in ihr aufzurichten. Eine wahre Lust! Ihre reizvollen Bewegungen härteten meine Eichel wohltuend und auffordernd weiter. Langsam verdrängte die Sucht auf unseren Orgasmus meine Kontrolle und meine Vorsicht.

Ich hielt ihre Beine, als sich unser Rhythmus verselbstständigte. Drängend stach ich zu, ihre wilde Stimme trieb mich schnell höher, ihre Bewegungen wurden rasender und mein überharter Schwanz massierte ihre Weite kräftig und brennend.

Als ich wusste, dass ich gleich kommen würde, gönnte ich uns diese winzige Pause, die unsere Lust in völlige Wildheit steigern würde und mein Schuss kam so wunderbar und prachtvoll, so schön und lange, dass ich sie laut mit in diesen hellen Abgrund riss.

Aber es war keine Erschöpfung, als ich mich langsam aus ihr zurückzog. Mein Blick berauschte sich noch immer an ihrer so schönen Offenheit.

Wenig später flüsterte sie: „Ich mach uns noch ein paar von diesen Drinks und ziehe mich etwas um." Und als sie die Enttäuschung in meinen Augen las: „Das war ein wunderbares Vorspiel.", stand auf und verschwand langsam durch die Tür.

Noch etwas versunken und immer noch mit erhabenem Schwanz saß ich auf dem Bett. Ich hatte mir ein Kissen in den Rücken geschoben und dachte über diese unerwartete Zeitreise nach. So dauerte es nicht lange, bis in mir die Erinnerung an Lisas so köstliche Verlockungen wieder aufstieg. Etwas versonnen - fast wie nebenbei und ganz natürlich - massierte ich dabei ruhig meinen Schwanz.

„Lass dich nicht stören", hörte ich Lisa - als sie durch die Tür kam - sagen und ich schreckte einen kurzen Moment auf.

Sie stellte die Gläser ab und schloss die Tür. „Du weißt doch - ich sehe gerne zu.“

„Ja, ich weiß.“

Da war sie wieder - in ihrer wunderschönen Nacktheit. Allerdings trug sie jetzt ein anderes Hüftkettchen, das etwas weniger feingliedrig und deutlich breiter war, als das vorherige. Außerdem fiel es weit tiefer als das andere. Vorne hing an einem weiteren Kettchen sehr verführerisch ein kleiner roter Stein, der genau über der Mitte ihres Tales schwebte.

Sie sog meinen Blick auf, kletterte aufs Bett und kniete sich leicht geöffnet mir gegenüber, setzte sich auf ihre Unterschenkel, das rote Steinchen baumelte jetzt auf ihren weichen Lippen. Ein Ausblick, von dem ich nicht lassen konnte und so massierte ich mich dabei - jetzt völlig ungeniert - weiter.

„Uh - schön...“, grinste sie und sah mir bei jeder Bewegung zu.

Es dauerte nicht sehr lange, bis auch ihre Finger nach Süden glitten und sie streichelte sich mit sanftem Schnurren, was wiederum mich zu lüsterner Beobachtung verführte. So sahen wir uns eine lange Zeit zu, stachelten uns mit Berührungen und Bewegungen auf, die nur wir selbst zu erfüllen wussten. Wir keuchten uns an und unsere Blicke wurden zu Feuer, das im Anderen weiterbrennen wollte.

„Mach ihn schön kräftig für mich,“ hauchte sie zwischendurch und ich konterte:

„Mach dich schön weit für mich.“

„Nein", sagte sie dunkel und erhob sich auf die Knie, nicht ohne sich dabei weiter zu verwöhnen. „Gib mir etwas zu trinken".

Ohne die Hand von meinem Schwanz zu nehmen, reichte ich ihr das Glas und nahm meins. Wir rieben uns weiter, prosteten uns zu und tranken, befriedigten uns weiter in genießerischer Erregung. Ich sah, wie sie sich vor mir bewegte - ruhig wie ein Blatt im ersten, leisen Wind, der sich bald zu einem ausgewachsenen Sturm entwickeln würde. Als wenn sie etwas vorbereitet hätte, stand sie plötzlich unvermittelt auf, stellte unsere Gläser beiseite und kniete sich wieder auf das Bett.

„Ich will dich nehmen", hörte ich mich sagen.

„Gleich", raunte sie geheimnisvoll und begann, die Knoten der Kordeln zu lösen, die die schweren Vorhänge an den Seiten des Himmelbettes zusammenhielten.

Dann zog sie diese mit langsamen Bewegungen fast vollständig zu, bis nur noch ein schmaler Spalt blieb, der etwas von dem wenigen Licht des abgedunkelten Fensters in unser geheimnisvolles Gemach ließ. Eine sehr unbeobachtete und verheißungsvolle Atmosphäre in dieser sinnlichen Abgeschirmtheit. Obwohl wir doch wussten, dass uns niemand stören konnte. Das wenige Licht verzauberte unsere Haut mit jeder Bewegung. Selbst die Geräusche wirkten leiser und gedämpfter.

„Jetzt", sagte sie kaum hörbar, als sie vor mir kniete.

Sehr langsam drehte sie sich um, beugte sich nach vorne und stützte sich mit den Händen auf dem

Balken am Fußende des Himmelbettes ab. Als sie sich gewunden ins Hohlkreuz drängte, um ihren wunderbaren Po zu heben, öffnete sie sich wieder und - wie war ich überrascht!

Über ihren halboffenen Lippen wölbte sich ihr zarter Damm hin zu ihrer Rose, die durch einen mittelgroßen, in Silber gefassten roten Stein gekrönt war – ganz sicher die stilvolle Verzierung eines Plugs. Ich war sehr erstaunt.

„Oh!"

„Ich hab' doch gesagt, dass ich mich umziehe", hauchte sie und drängte sich weiter ins Hohlkreuz. „Komm, du musst ihn vorher ziehen".

Diese Lust in ihrer Stimme...
Mit einer schnellen Bewegung war ich aufgepeitscht hinter ihr, kniete mich nahe an sie heran.

„Gleich", entgegnete ich mit der gleichen, vor Lust vibrierenden Stimme.

Getrieben von unserer Gier, schob ich meinen Schwanz fast unvermittelt in ihre offene Muschi und spürte sofort den Widerstand des stählernen Plugs oben an meiner Eichel. Gefolgt von ihrem wunderbaren, überraschten Aufschrei.

Auch ungezählt, waren es sicher acht oder zehn tiefe Züge, die uns vorbereiteten und uns diese kaum zu beschreibende, tiefe Wollust schenkten. Dann entließ ich meinen heißen Schwanz aus ihr und zog unter ihrem Aufbeben und diesen unfassbaren Beckenbewegungen - so langsam wie ich konnte - diesen reich gefetteten, wohlgeformten, schweren und glänzenden Stahl aus ihrer Rose.

„Jetzt", keuchte ich auf.

„Ja, jetzt", erwiderte sie ganz aufgebracht.

Ich musste meine Eichel unbedingt an ihre Rose führen. Dieser rauschhaft verruchte Druck, zu dem ich mich zwang. Wie sie meinen Eichelkranz hart abschnürte, als ich dann in ihr war. Wie sie sich fordernd und doch fast zart dagegenstemmte, sich auf mich schob und ich mir diese süße Enge eroberte. Ihr langer Atem. Ich war ganz dort. Vollständig - mit meinen kleinen Bewegungen.

„Komm, spieß mich auf...", mehr sagte sie nicht - es war kaum zu hören.

In diesem Halbdunkel wanderten meine Hände zu ihrer Taille, um uns zu halten - bei der nächsten, noch vorsichtigen Bewegung. Dann begann ich sie zu nehmen, kleine, sanfte Stöße, die sich wie von ganz alleine verlängerten, diese unglaubliche Weichheit in ihrer Enge, die sich nicht weiten wollte.

Lange, langsame Schübe mit ihrem stoßenden „guuut - guuut..." machten mich gieriger und meine Züge wurden schneller und gewaltiger.

Sie erwiderte alles – wirklich alles.
Sie rief.
Sie schüttelte sich.
Sie rief lauter.

Und ich hatte sie. Schnell und so tief. Mein Schwanz überquellend hart und ich unersättlich.
Kurz bevor...

„Jetzt", schrie ich. Ich schrie wirklich.

„Schieß!", brüllte sie auf.

Ich zog sie mit einer fast brutalen Bewegung unbeherrscht an ihrer Taille komplett auf meinen aufkochenden Schwanz. Die Vorahnung meines Schusses stieg mir betäubend in den Kopf und wir nahmen uns brünstig laut und mit weltenferner Hingabe immer weiter und weiter. Ich hatte wohl selten einen derart langanhaltenden Orgasmus, der mir völlig entglitt.

Kaum, dass wir fertig waren, bat sie mich erneut - mit dieser unglaublichen Bewegung.

„Bleib", keuchte sie und richtete sich dabei etwas auf.

Mein halbhoher Schwanz folgte ihr, während meine Hände immer noch ihre Taille umfasst hielten. Wir verharrten. Laut atmend, genau wie diese tiefe Lust, die wieder langsam und leise in uns hochkroch.
Wie wir nichts verhinderten.
Wie wir wollten.
Wie besinnungslos wir waren - in dieser wunderbar verruchten Himmelbettverschlossenheit.

Mein Schwanz richtete sich langsam wieder in ihr auf, mit jedem Atemzug, mit jeder noch so kleinen Bewegung. Auch Lisa bäumte sich völlig aufgewühlt erneut hoch, als mein Schwanz in diesem süßen, zerrieselten und fast schmerzhaften Aufrichten wieder tief in sie drang und auch ich diesen Stößen folgen konnte. Die Hoffnung, diese Sucht, dieses ungezügelte Sehnen, diese Erwartung auf einen wilden und erlösenden Orgasmus in uns beiden. Unsere Bewegungen wurden wüster, wilder, ungebändigter und gleichzeitig von einer wunderbaren Sinnlichkeit erfüllt. Unser lustvolles Abheben zu beschreiben, ist kaum möglich.

Es war ein Erleben von äußerster Hingabe, ein phantastischer, lüsterner Exzess, der in einen Orgasmus mündete, dessen fassungsloser Rausch sich ebenso wenig beschreiben lässt.

Am nächsten Morgen fuhr ich zurück, wobei keine Erinnerung in dem Sinne in mir war. Vielmehr ein vollendetes Bild, gemalt aus reiner Lust.

Ich rief Lisa eine Woche später wieder an. Nicht nur, um ihr von diesem Bild zu erzählen...

Nach der Idee eines Gentlemans:
SamWi (47) aus Stadthagen

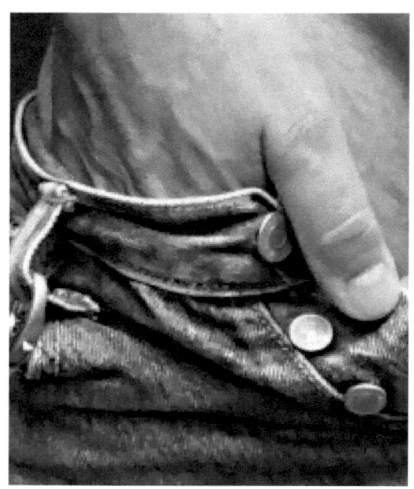

Erste Begegnung zwischen Sklavin und Ehefrau

Seit kurzem hatte ich eine Sklavin - ein komisches Wort in der heutigen Zeit. Doch sie wollte es so und für mich war dies eine ganz neue, sehr aufregende und schöne Erfahrung. Bekanntlich wächst man ja mit seinen Aufgaben.

Neulich erst hatte ich ihr aufgetragen, mir eine Liste mit ihren ganz privaten Phantasien bzw. sexuellen Wünschen zu erstellen, die sie gerne einmal erleben möchte. Ich würde mich dann darum kümmern. Allerdings ohne, dass sie wüsste: wann, wie, wo und vor allem, was davon wir in die Tat umsetzen würden. Das sollte jedes Mal eine Überraschung für sie werden. Auch wenn dies jetzt im ersten Moment so gar nicht nach Herr und Meister klang, liegt der Teufel bekanntlich im Detail.

Heute war nun so ein Tag. Ich hatte mich für ‚ein Date zu dritt - mit einer anderen Frau' aus ihrer Wunschliste entschieden. Doch so ganz - wie sie sich das vorstellte, sollte das Treffen sicher nicht verlaufen. Denn ein Kuscheldate zu dritt, kam für mich nicht in Frage.

Ich bestellte sie für 11.00 Uhr zu mir nach Hause ein. Ich öffnete die Tür und sie trat ein. Da sie obligatorisch nur im Kleid, mit Strümpfen und ohne Slip erscheinen durfte, fasste ich ihr als erstes zur Kontrolle in den Schritt. Da ich alles zu meiner Zufriedenheit vorfand, gab ich ihr zur Belohnung einen tiefen Kuss und steckte meinen Finger kurz in ihre Muschi. Sie stöhnte auf und ihre feuchte Spalte zeigte mir eindeutig, wie geil sie war.

„Zieh dich aus", befahl ich ihr.

Da wir noch im Flur standen, schaute sie mich ein wenig irritiert an, gehorchte aber widerspruchslos. Nachdem sie sich ihres Kleides entledigt hatte, musste sie sich die Handfesseln anlegen und ich fixierte ihre Arme damit auf dem Rücken.

Um sie ein wenig zu reizen, kniff ich mit einer Hand ihre Brustwarzen, wobei sie dort sehr empfindlich war. Was sie dann auch prompt mit kleinen Schreien quittierte. Zwei Finger meiner anderen Hand steckte ich ihr dabei von hinten in ihre schon feuchte Muschi und fickte sie kurz an. So überrumpelt, gaben ihre Knie nach und sie sackte mir fast zusammen.

„Du Schwein", entfuhr es ihr spontan.

Doch noch ehe sie dies ganz ausgesprochen hatte, wurde ihr klar, dass sie einen Fehler gemacht hatte. Denn ich zog meine Finger mit einem Ruck aus ihr heraus und ließ die Hand laut klatschend auf ihren Arsch niederfahren.

Dabei herrschte ich sie an: „Noch so ein Spruch und du wirst es bitter bereuen."

Immer noch hinter ihr stehend, holte ich eine Maske aus meiner Hosentasche hervor und zog sie ihr über den Kopf. Sie erschrak, denn die Maske verfügte lediglich über eine Mundöffnung und war ansonsten komplett geschlossen. Somit konnte sie absolut nichts mehr sehen, nur eingeschränkter hören und auch das Atmen war damit natürlich schwerer. So war sie mir jetzt vollends ausgeliefert und ich führte sie direkt ins Schlafzimmer.

„Knie dich hin."

Sie gehorchte und spürte überraschend einen Druck an ihrer Spalte, als ich sie durch den Druck meiner Hände auf ihren Schultern zwang, sich auf ihre Unterschenkel zu setzen. Ich hatte zuvor einen Dildo so auf dem Fußboden platziert, dass er sich beim Hinknien zwischen ihre Schamlippen direkt in sie hineinschob.

Sie stöhnte leise auf. Ich nutzte diesen Augenblick und drückte ihr meinen steifen Schwanz tief in den Mund, so dass sie nun - oben wie unten - gut ausgefüllt vor mir kniete.

Ich fickte sie einen Augenblick langsam in den Mund. Ganz vorsichtig, denn ihr fehlte noch ein wenig Übung dabei, meinen Schwanz ganz in sich aufzunehmen. Aber sie wurde mit jedem Mal besser.

Ich zog meinen Schwanz aus ihrem Mund und raunte ihr ins Ohr: „Reite auf dem Dildo."

Gehorchend glitt sie langsam auf ihm hoch und runter. So gefesselt und auf dem harten Boden war das bestimmt nicht unbedingt angenehm. Doch es machte sie geil, wenn ich sie quälte und sie an ihre Grenzen brachte. Ihre Bewegungen wurden schneller - ihr Atem schwerer.

„Na, macht dich das geil - du kleine Schlampe?", fragte ich sie.

„Jaaa", stöhnte sie und ihr Bewegungen wurden immer schneller.

„Los, dann mach es dir, befriedige dich!"

Ich hatte kaum ausgesprochen, als ihr Körper anfing zu zittern und sie mit einem lauten, kehligen Schrei kam. Erschöpft sackte sie in sich zusammen.

„Bleib aufrecht", befahl ich ihr.

Zwar widerwillig, aber gehorsam - richtete sie sich wieder auf.

„Ich bin gleich wieder da", flüstere ich ihr warnend ins Ohr.

Leise verließ ich den Raum, drehte mich im Türrahmen aber noch einmal um und genoss den Anblick, wie sie so ausgeliefert und verletzlich vor mir auf dem Boden hockte und nicht wusste, was nun folgte - ganz im Gegensatz zu mir. Ein fieses Grinsen erschien auf meinem Gesicht.

Ich ging ins Nebenzimmer und holte meine Frau, die dort gewartet hatte.

Ich gab ihr einen Kuss und sagte: „Du weißt, was du zu tun hast."

Während ich ins Schlafzimmer zurückschlenderte und mich auf das Sofa setzte, folgte sie mir. Ihre Lackpumps klackerten laut auf dem Fußboden. Die Geräusche verfehlten ihre Wirkung nicht. Meine Sklavin, ansonsten eher renitent und vorlaut, erstarrte vor Schreck. Man konnte ihre Unsicherheit förmlich spüren - nicht auch nur annährend ahnen, was nun folgen sollte.

Meine Frau ging langsam einmal um sie herum, um sich anschließend mit gespreizten Beinen vor ihr auf das Bett zu setzen. Ich genoss jede Sekunde und ließ die Szenerie auf mich wirken.

Sie musterte meine Sklavin ganz genau, die sie vorher noch nie gesehen hatte. Ein, zwei Minuten der Stille können sehr, sehr lang sein. Vor allem für diejenige, die nichts sehen konnte.

Dann beugte sie sich nach vorne, küsste die vor ihr Kniende hart mitten auf den Mund und zischte ihr ins Ohr: „Du willst also mit meinem Mann eine Nacht alleine verbringen?"

Ein unsicheres: „Ja", beantwortete ihre Frage.

„Dann musst du dir dies erst einmal verdienen", sagte meine Frau harsch und zog sie zwischen ihre Schenkel.

„Leck!".

Immer noch ganz verunsichert, kam meine Sklavin ihrer Aufforderung nach.

Ein prickelndes Gefühl der Macht und Lust durchströmte mich, das ich mit ein paar Erinnerungsfotos für immer konservierte. Das Stöhnen meiner Frau zeigte mir mehr als deutlich, dass meine Sklavin ihre Arbeit gut machte. So animiert, konnte ich gar nicht anders, als mich hinter sie zu knien und ihr meinen harten Schwanz tief in ihre nasse Muschi zu stecken. Mit den immer noch auf dem Rücken fixierten Armen war sie zwischen mir und meiner Frau gefangen und ich konnte sie richtig hart durchficken. Beide Frauen stöhnten um die Wette. Mit jedem Stoß von mir, drückte ich sie tiefer in den Schritt meiner Frau. Nach kurzer Zeit bäumten sich beide auf und kamen fast gleichzeitig unter lautem Schreien.

Erschöpft sanken sie gegeneinander. Doch so einfach sollten sie nicht davonkommen. Ich löste die

Handfesseln meiner Sklavin, fixierte sie am Bett und nahm ihr die Maske ab.

Sie sah mich zärtlich an und ein: „Danke" kam über ihre Lippen.

Nun wurde der Spieß umgedreht. Meine Frau rutschte nach unten und fing nun ihrerseits an, sie intensiv zu lecken.

Ein berauschender Anblick, bei dem mein hart geschwollener Schwanz natürlich dringend weiter ficken wollte. Dieses Mal steckte ich ihn meiner Frau von hinten in ihre geile Spalte und sah dem Treiben vor mir voller Lust zu. Ich fickte sie, als hätte ich wochenlang keinen Sex gehabt. Nachdem beide erneut gekommen waren, sagte meine Frau, dass sie dringend eine Pause brauchte und verließ den Raum.

Auch die Sklavin wünschte sich eine solche, doch das konnte ich nicht zulassen. Schließlich stand mein Schwanz immer noch wie eine Eins.

Daher sagte ich: „Oh nein - das kommt gar nicht in Frage. Ich bin noch nicht fertig mit dir."

Immer noch am Bett fixiert, drückte ich ihr ohne Vorwarnung den Analplug in den Arsch. Sie schaute mich böse an, denn diese Grobheit mochte sie gar nicht, traute sich aber nicht, etwas zu sagen. Mein Schwanz drang erneut in ihre Muschi ein und ich fing an, sie eng umschlungen zu ficken. Ich stieß erst langsam, dann immer härter zu, bis sie schließlich kam.

Ich wusste genau, dass sie jetzt verständlicherweise am liebsten eine kleine Pause gehabt hätte. Doch anstatt aufzuhören und ihr diese zu gönnen, benutzte ich sie gleich weiter. Sie wand sich, wollte sich wehren. Doch mein Gewicht und die Fesselung ließen ihr keine Wahl. Ein Orgasmus folgte dem nächsten und nach einiger Zeit flehte sie mich förmlich um eine Unterbrechung an.

Diesmal gab ich nach und rollte mich von ihr herunter. Als ich mich dabei umdrehte, sah ich meine Frau breitbeinig auf dem Sofa sitzen. Dieses Biest, dachte ich. Sie hatte sich leise hereingeschlichen und uns, ohne dass wir es bemerkt hatten, die ganze Zeit beobachtet.

Ich ging zu ihr, gab ihr einen intensiven Kuss und fasste ihr dabei zwischen die Beine.

Ich grinste sie an und sagte: „So - so, das scheint dir wohl gefallen zu haben? Komm leg dich zu ihr aufs Bett, dann besorge ich es dir nochmal und die geile Schlampe lassen wir - hilflos angebunden - zuschauen."

**Nach der Idee eines Gentlemans:
shruikan (48) aus Schaumburg**

Phantasie - zum Dinner

Eines Abends schickst du mir eine WhatsApp mit der Ansage, dass ich mich in das Hotel am Alex in Berlin zu begeben hätte - mit der Anweisung mich wirklich chic zu machen. Ich dusche und bin etwas in Eile. Wie gut, dass ich mich bereits heute Morgen schon rasiert hatte. Puh - Schwein gehabt. Aber die Wahl meines Outfits muss jetzt schneller gehen als sonst. Ich entscheide mich für eine tief ausgeschnittene Bluse, einen schwarzen Rock, halterlose Strümpfe und High Heels. Auf den Slip verzichtete ich schmunzelnd - bereits schon leicht erregt und feucht bei dem Gedanken an den heutigen Abend und eine erneute Begegnung.

Du empfängst mich in der Hotellobby in dunkler Hose und weißem Hemd, das deine sonnengebräunte Haut betont und dich wahnsinnig sexy aussehen lässt. Eine coole Sonnenbrille auf dem Kopf. Ein leichter Hauch von After Shave umhüllt dich und betont deinen männlichen Duft noch mehr.

Ganz Gentleman öffnest du mir natürlich die Tür und hauchst mir beim Vorübergehen ins Ohr: "Wir sind zum Dinner verabredet".

Wir setzen uns an einen schön gedeckten Tisch und bestellen erstmal einen Aperitif und du orderst das Menü. Wir unterhalten uns angeregt, während die Vorspeise - eine Kürbiscremesuppe - und der Wein serviert werden. Mit einem Mal fällt dir - völlig unabsichtlich - der noch unbenutzte Löffel herunter und du verschwindest unter dem Tisch bzw. unter dem langen Tischtuch. Ich spüre, wie du dich zwischen meine Beine drängst und erschaudere, als ich merke, wie du meinen Rock hochschiebst und dich mit deinen Fingern langsam an meinen Beinen hocharbeitest. Bis ich plötzlich deine Zunge an meiner Perle spüre. Ich bin mehr als feucht und du steckst deine Finger in meine nasse Spalte.

Als der Kellner an den Tisch herantritt und etwas irritiert auf deinen leeren Stuhl guckt, versuche ich die Contenance zu wahren und seine freundliche Frage bezüglich der Qualität der Vorspeise möglichst rasch und in normalem Ton zu beantworten. Du leckst weiter, jetzt jedoch deutlich intensiver. Auch das Tempo deiner Finger erhöht sich und ich versuche krampfhaft meine Gesichtszüge zu kontrollieren, als mich die Woge des Orgasmus überrollt.

Gott sei Dank war der Kellner zu diesem Zeitpunkt schon wieder mit anderen Gästen beschäftigt. Nur eine Dame vom Nachbartisch schaut etwas irritiert, als du unter dem Tisch hervorkommst und dich wieder mir gegenüber setzt - mich unschuldig anschauend, als ob nichts gewesen wäre und einfach weiterisst. Als der Kellner unsere leeren Teller abräumt, lobst du die exorbitant gute Vorspeise und ich werde abwechseln blass und rot.

Wir plauschen über dies und jenes; wobei wir flirten, was das Zeug hält. Als ich kurz die keramische Abteilung aufsuche, treffe ich dort zufällig auf die Dame vom Nachbartisch. Sie mustert mich abschätzig von oben bis unten. Während ihre Begleitung - ein sehr attraktiver Herr, wie ich feststellte - mich mit einer Mischung aus Neugier und Bewunderung ansieht, als ich an deren Tisch vorbeischwebe - immer noch auf Wolke sieben.

Dann folgt der Hauptgang: Hähnchenschenkel an Rotweinsoße mit Kartoffeln - begleitet von einem Salat. Dazu wird Rotwein gereicht. Das war meine Chance für eine Revanche. Na warte, dachte ich so bei mir!

Ich tauche - möglichst unauffällig - unter das Tischtuch und den Tisch, öffne deine Hose und entdecke - sehr zu meiner Freude, dass auch du nichts drunter trägst. Ich hole mir deinen Schwanz heraus und beginne, ihn zu lecken. Umschließe ihn mit meinen warmen Lippen, massiere ihn und natürlich auch deine Eier. Du genießt das Spiel meiner Zunge, meines Mundes und meiner Hand, denn ich kann deutlich fühlen, wie dein Schwanz immer fester und praller wird. Er wächst in meinem Mund. Vor dem Kellner hast auch du deutlich Mühe, deine Geilheit zu verbergen, als dieser sich erneut nach der Qualität der Speisen und unserer Zufriedenheit erkundigt. In seiner Stimme schwingt jetzt deutliche Irritation wegen des vakanten Stuhls mit. Ich merke, dass du kurz vorm Kommen bist und tauche wieder auf. Du schaust mich nur völlig perplex und entsetzt an.

Keck sage ich: „Wir können uns ja gerne ein Zimmer nehmen und das fortsetzen, was ich gerade begonnen habe."

Dabei denke ich bei mir: ‚Schön wär's, aber das wird hier so spontan ja eh nix'.

Der Kellner kommt und ist sichtlich erfreut, uns beide am Tisch sitzend vorzufinden, während er abräumt. Ich erwarte das Dessert unter der silbernen Haube, die er vor mir stehenlässt und wundere mich schon, dass er nur mir einen Nachtisch serviert hat. Als ich diese anhebe, liegt darunter jedoch eine Schlüsselkarte. Ich gucke dich erstaunt an, verstehe das Signal und die Message dahinter aber sofort. Wir begeben uns also nach oben zu den Zimmern.

Dort angekommen, nimmst du ein Tuch aus deiner Hosentasche, verbindest mir die Augen und führst mich blind in das Apartment. Dann beginnst du, mich zu entkleiden - ganz, ganz langsam.

Du führst mich zum Bett und weist mich an, mich rücklings darauf zu legen. Du legst mir Hand- und Fußfesseln an. Dann schiebst du meine Beine und Arme auseinander und fixierst diese an den Bettpfosten. Nun liege ich weit geöffnet, mit gespreizten Beinen, auseinandergezogenen Armen und verbundenen Augen vor dir. In Erwartung dessen, was da kommen möge, liege ich regungslos da. Ich bin wahnsinnig erregt und werde noch feuchter, als ich es eh schon war.

Ich höre, wie ein Sektkorken knallt und frage mich: ‚Was hat er vor? Will er jetzt erstmal ganz gemütlich einen Sekt trinken und mich hier so liegen lassen?‘. Meine Schamlippen mussten sicherlich unübersehbar nass glänzen, ebenso wie mein so herrlich geschwollener Kitzler.

Du kommst zu mir ans Kopfende des Bettes und setzt dich neben mich. Befiehlst mir die Lippen zu öffnen und benetzt diese mit ein wenig Sekt. Ohne weitere Ankündigung steckst du mir deinen Schwanz in den Mund und forderst mich auf, genau da weiterzumachen, wo ich beim Essen aufgehört hatte. Du schmeckst sehr gut und ich stöhne auf. Du stöhnst vor lauter Geilheit ebenfalls laut.

Dann ziehst du deinen Schwanz genauso schnell wieder aus meinem Mund heraus, wie du zuvor in mich eingedrungen warst. Die dadurch entstandene Leere wird nur durch ein paar weitere Tropfen vom ‚Sekt‘ gefüllt.

Du flüsterst mir ins Ohr: "Jetzt gibt es noch ein Dessert" und ich weiß gerade überhaupt nicht, was du damit meinst.

Ich liege ja immer noch wehrlos da. Die Erregung - gepaart mit dem Sekt - steigt mir zu Kopf und macht mich verrückt. Ich atme schwer. Ich spüre etwas Kühles auf mir. Es fühlt sich an, als würden kleine, kalte Sachen auf meinem Körper drapiert - auf einer Linie von meiner Brust zu meinem Schambereich. Mit einem Mal hältst du mir etwas Kaltes an die Lippen und befiehlst mir, zu lecken und dann abzubeißen. Nun realisiere ich den köstlichen Geschmack einer Erdbeere in meinem Mund und dass du aus mir ein lebendes Buffet gemacht hast. Eine Weintraube wird mir an die Lippen gehalten. Wieder lecken, schmecken, fühlen, kosten und verspeisen. Das war also dein Nachtisch - denke ich mir und schmunzle.

Ich fühle, wie etwas Kaltes meinen Bauch und meine Brüste berührt. Mir ist nicht klar, was es ist. Ich sollte es noch erfahren - allerdings war Geduld noch nie meine Stärke. Dann höre ich das Geräusch von Sprühsahne und merke, wie sie auf meinen oberen und unteren Lippen, meinen Nippeln und auf meiner Klit drapiert wird. Okay - du willst mich also ablecken. Nun ja - eine ganz neue Erfahrung für mich.

Mit einem Mal klopft es. Ich halte den Atem an. Du sagst mir, ich solle mich einen Moment gedulden und ich denke: ‚Herrje - noch mehr...?'. Und seufze, aber was bleibt mir übrig.

Dann höre ich, wie eine fremde Stimme mit dir zusammen näherkommt. Ich bekomme Panik. Was soll das? Ich hatte dir immer gesagt, ich bin wählerisch und will keine fremden Männer. Schon gar kein MMF, wenn ich das Gegenüber nicht kenne.

Gedanken rasen durch meinen Kopf. Ich rufe nach dir - will dir den Marsch blasen, dass du mich in so eine Lage bringst - ohne dies vorher mit mir abzustimmen. Schließlich liege ich hier völlig offen drapiert vor einem Fremden. Aber stattdessen bekomme ich als Antwort einen leidenschaftlichen Kuss von dir, mit dem du meinen Protest erstickst und danach einen Knebel in den Mund, der weitere Wutausbrüche meinerseits unmöglich macht. Ich denke, ist er denn wahnsinnig und dass mit mir. Bei meiner gesundheitlichen Lage. Aber das hilft mir gerade auch nicht weiter.

Ich versuche mich zu beruhigen, weil ich ja weiß, dass ich bei dir in guten Händen bin, dir vertrauen kann und spüre Finger an meinem Körper. Ich nehme eure Stimmen wahr und dann beginnt einer - oder wart ihr es beide? - die Früchte von meinem Körper zu essen. Der Knebel wird entfernt und ich darf mitnaschen: eine Erdbeere, eine Weintraube - jeweils im Wechsel. Ein ganz spezieller Nachtisch - alles getränkt in Schokosauce - wirklich lecker. Jetzt wusste ich, was es war. Du sagst mir, dass ich JETZT bitte nicht abbeißen möge, aber ich könne gerne am nächsten ‚Gegenstand' lecken und saugen. Schokosauce - hm, lecker - auf einem Schwanz. Da leckte ich doch gerne dran und ab.

Ich denke noch so bei mir: ‚die Schokosauce lässt dich heute anders schmecken', bis du vom Fußende des Bettes zu mir sprichst. Meine Bewegung stagniert. Das bedeutet, dass ich gerade den anderen Schwanz lecke. Ich höre ihn stöhnen, als er mir seinen Ständer tief in den Hals schiebt. Ich beginne, dieses Spiel immer mehr zu genießen. Gefesselt und ausgeliefert. Mein spitzer Schrei erstickt durch den Schwanz in meinem Hals, als du dich daranmachst, die Sahne zwischen meinen Beinen, auf meinen Lips und der Klit

103

abzulecken. Du lässt dir quälend viel Zeit dabei. Ich genieße es. Der Fremde beugt sich vor, lässt seinen Schwanz aber in meinem Mund und beginnt gleichzeitig, die Schokosauce von meinem Körper und dann die Sahne von meinen Nippeln zu lecken.

Ein absoluter Gefühls-Overkill. Du leckst mich zwischen meinen Beinen, der fremde Schwanz in meinem Mund, gefesselt, ausgeliefert und er schleckt an meinen Nippeln. Ich habe das Gefühl, mich langsam von meinem Körper zu trennen. Ihr tauscht zwischendrin die Positionen und mir ist mittlerweile egal, wer mich wo berührt und leckt. Ich sauge die Berührungen und Begutachtungen einfach in mich auf und lasse es geschehen. Was bleibt mir auch übrig, denke ich verschmitzt. Nachdem ihr mich (gefühlt - Stunden später, wobei ich dies endlos genießen hätte können) sauber geleckt habt, bemerke ich, wie die Fesseln an den Füßen gelöst werden. Die Handfesseln werden geöffnet, aber nur, um mich dann wieder - auf dem Bauch liegend - an den Händen festzumachen. Ein Kissen wird unter meinen Bauch geschoben. Somit befinde ich mich auf allen vieren. Nackt, die Augen verbunden und höre euch beide leise tuscheln. Ich denke: ‚Oh je - Teamplay. Das kann ja was werden‘.

Hinter mir berührt die Eichel eines Schwanzes hin und wieder meine Pobacken. Mal links, mal rechts. Ich bin nass und triefe förmlich vor Lust. Ich bin aufgeregt und genieße es, euch so ausgeliefert zu sein. Dabei werde ich noch feuchter bei dem Gedanken, was jetzt noch kommen wird. Ich will einen Schwanz in mir spüren. Ich höre, wie ein Tube geöffnet wird und bin gespannt, was jetzt folgt. Du oder er? Irgendjemand schiebt sanft - mit Gleitgel befeuchtete - Metallkugeln in mich hinein. Kühle füllt mich aus. Man sind die groß, schießt es mir durch den Kopf. Ich gewöhne mich nur langsam an die Kälte und die Größe. Dann spüre ich unvermittelt einen Schlag auf meinem entblößten Hinterteil - süß und schmerzhaft, aber lustvoll durchzuckt es mich.

Die Vibro-Kugeln, die ich in mir trage, schwingen bei jedem Schlag, jeder Bewegung und lassen mich immer geiler werden. Einer von euch beginnt an der Schnur zu ziehen und mit den Kugeln zu spielen. Der andere (?) verpasst mir mit der flachen Hand weiterhin Schläge auf mein Hinterteil. Ihr treibt mich in den Wahnsinn und meine Sinne zerfließen weiter.

Mir wird ein Schwanz angeboten, den ich selig leckend in meinen warmen Mund aufnehme. Während die Behandlung aus Schlägen und dem ständigen Spiel mit den Vibro-Kugeln weitergeht, intensiviere ich meine Intensität bei der Behandlung des Schwanzes. Plötzlich bemerke ich, wie dieser anfängt zu zucken und sich dann auch schon in meinen Mund entlädt. Ich hatte keine Zeit mehr drüber nachzudenken, dass evtl. der Fremde nicht in meinem Mund abspritzen sollte, als ich den mir wohlbekannten Geschmack deines Spermas registriere. Folglich spielte der Fremde mit den Kugeln in mir und schlägt mich. Meine Erregung wächst ins Unermessliche.

Ihr tauscht eure Positionen, während ich noch damit beschäftigt bin zu schlucken und lasst mir keine Zeit zur Erholung. Nun habe ich seinen Schwanz im Mund. Der lässt sich schön einen blasen von mir, denke ich und spüre, wie du anfängst, wieder an und mit den Kugeln zu spielen. Du bewegst diese immer schneller in mir vor und zurück. Reibst mit den Fingern an meiner Klit. Es bereitet dir sichtliches Vergnügen, mich immer geiler und feuchter zu machen. Kurz bevor ich zum Orgasmus kommen kann, ziehst du die Kugeln raus. Ich spüre Leere und merke, wie die Enttäuschung in mir hochsteigt.

Aber dann fühle ich, wie du stattdessen deinen harten Schwanz in mich steckst und mich fickst. Anfangs gefühlvoll und später immer härter, schneller und wilder. Ihr findet einen gemeinsamen Rhythmus und fickt mir die Seele aus dem Leib. Mich schüttelt schon wieder ein erneuter Orgasmus und ich spritze dir dabei auf deinen Schwanz. Der Höhepunkt scheint endlos zu sein und ihr fickt mich gnadenlos weiter - durch mehrere Orgasmen - ohne Gnade. Ich winde mich, aber ihr haltet mich wie in einem Schraubstock fest, so dass die Höhepunkte gefühlt noch intensiver werden. Der Schwanz des Fremden fängt an zu zucken. Er zieht ihn raus, drückt mich unvermittelt in einem weiteren Orgasmus runter und spritzt mir auf den Hintern und Rücken. Das zu sehen, feuert dich an und lässt dich in mir explodieren, so dass ich merke, wie dein Sperma langsam aus mir herausläuft, während der andere seines auf meinem Rücken und Po verteilt.

Ermattet sinken wir auf dem Bett zusammen. Die Augenbinde wird entfernt und ich danke euch für dieses geile Dinner inklusive seines ganzen speziellen Nachtischs. Erst jetzt realisiere ich, dass der Fremde der Herr von dem Pärchen am Nachbartisch im Restaurant ist und seine Frau uns die ganze Zeit zugeschaut hat. Beide bedanken und entfernen sich, während wir auf dem Bett liegenbleiben und erschöpft einschlafen - ich immer noch etwas verdutzt.

Nach der Idee einer Lady:
marylou73 (44) aus Braunschweig

Wellness für alle Sinne

Wie viele meiner Erzählungen, ist auch diese eine wunderbare Erinnerung, an der ich - aus verständlichen Gründen - etwas hänge.

Anlass genug also, sie aufzuschreiben, um ja nichts davon zu vergessen...

Es ist immens wichtig, sich Auszeiten zu nehmen. Ich tue das, wann immer sich eine Gelegenheit dazu bietet. Sonnenterrasse oder Waldlichtung, ein gutes Buch mit einem Glas Sekt, ein schönes Essen oder ein paar Tage für einen entspannten Kurzurlaub nutzen. Es gibt viele Möglichkeiten und ich schöpfe sie gerne aus.

Eine davon - wenn mal nicht so sehr viel Zeit ist - ist die Therme im nahegelegenen Staatsbad. Die schönste Zeit ist der späte Vormittag, dann ist es dort angenehm ruhig. Meine favorisierte Entspannungsmöglichkeit ist das Solebecken unter freiem Himmel. Das sehr warme Wasser trägt einen fast von selbst und in den verschiedenen Strudel-Ensembles lässt es sich wunderbar abschalten.

Das war auch mein Ziel an diesem noch sehr kühlen Frühlingstag und ich weiß noch: es war so gegen elf Uhr morgens, als ich eincheckte. Wie erhofft, war es zum Glück sehr, sehr ruhig. Ich bin nun mal kein Freund von großen Menschenansammlungen.

Also ließ ich mich wie gewohnt zunächst im großen Becken in der Haupthalle nieder, lag recht entspannt am Beckenrand - schräg gegenüber dem Zugang - im warmen Wasser und beobachtete die wenigen Leute. Viele Rentner - kaum jemand in meinem Alter. Alles schön ruhig - nur das Wasser plätscherte ab und zu still vor sich hin. Hin und wieder kamen neue Gäste durch das Portal oder gingen wieder hinaus.

Als sie hereinkam, fiel sie mir sofort auf, denn sie hob sich doch erheblich von allen anderen Anwesenden ab. Ich schätzte sie auf vielleicht Anfang bis Mitte Fünfzig. Ihr Gang war - anders als bei den anderen Gästen - ruhig und selbstbewusst. Ihre blonden Haare - mit diesem feinen, aber doch intensiven Rotstich - hatte sie hübsch hinten zusammengesteckt. Sie trug zwar einen recht konservativ geschnittenen, grünen Badeanzug, der aber aus nicht zu dichtem Stoff zu sein schien.

Jedenfalls weiß ich noch, dass er perfekt und - wie soll ich sagen? - detailreich ihre vollen, aber nicht zu großen Brüste abbildete, ebenso ihren fast flachen Bauch. Darunter wölbte sich ebenso perfekt ihr Venushügel – jedoch weniger auffällig. Aber deshalb sicher umso ansprechender.

So ging sie langsam und ruhig in Richtung des Außenbeckens, zeigte mir kurz ihre tief ausgeschnittene Rückseite und verschwand im Durchgang.

Ich war selbst überrascht von meiner Neugierde. Tatsächlich kommt es jedoch recht oft vor, dass mich ältere Frauen mehr faszinieren, als jüngere. Nicht, dass ich jüngere Frauen nicht anziehend finde. Es ist wirklich schwer zu erklären. Vielleicht liegt es an dieser manchmal deutlich spürbaren, sinnlich wissenden Ausstrahlung, die so ganz anders ist, als die der jüngeren Ladies und die stets meine Leidenschaft befeuert. Erst recht dann, wenn sie so eine schöne Figur haben, wie diese zufällige Begegnung. Nicht besonders auffällig oder in irgendeiner Weise herausragend, aber doch mit diesem gewissen Reiz versehen, den ich kaum beschreiben kann.

Mit diesen Gedanken und meiner Angerührtheit verbrachte ich noch einige Zeit im großen, fast leeren Becken der Haupthalle - nicht ohne ab und zu durch die großen, bodentiefen Fenster auf das Außenbecken zu sehen, in dem ich sie vermutete. Irgendwann überwog meine Neugierde und ich raffte mich auf, kletterte aus dem Becken und machte mich in Richtung Sole-Becken auf.

Die Luft war recht klar und kühl, der Himmel etwas bewölkt - das Wasser jedoch wohlig warm. Ich schwamm also ein paar Züge zu einer Art gekacheltem Bottich, an dessen Innenseite unter Wasser eine Bank eingelassen war, die zum Sitzen einlud. Rundherum sprudelte und brodelte es angenehm aus vielen Düsen. Ich ließ meine Blicke schweifen und fand sie sogleich.

Sie saß (oder lag?) mir schräg gegenüber am Beckenrand in der Sonne, die Arme auf demselben drapiert und sah sich entspannt um. Ich wich ihrem Blick aus, um meine Neugier und mein Interesse nicht so plakativ zu bekunden. Dies hätte schließlich auch als Dreistigkeit gewertet werden können. Gleichzeitig schalt ich mich einen Narren - was sollte schon passieren? - ärgerte ich mich. Nur weil ich sie sofort attraktiv fand, in dem Moment, als ich sie sah? Sie würde sicher bald gehen. Oder ich eben. Alles gut. Doch wenn ich mir gegenüber ehrlich sein wollte, war es nicht ganz so einfach.

Kein Wunder. Oder doch? Unsere Blicke kreuzten sich ab und zu. Sie bemerkte meine und ich versuchte, ihren auszuweichen. Sie lächelte manchmal, legte langsam den Kopf in den Nacken, schloss die Augen, oder sah weg und dann wieder zu mir herüber.

So ging das eine ganze Weile. Dann löste ich mich aus meinem Sitz und dümpelte mehr durch das Sole-Becken, als ich schwamm. Auf die entfernteste Seite, zu den anderen Sprudeldüsen. Ich machte es mir wieder am Beckenrand bequem und sah zu der Stelle, wo sie zuletzt saß. Sie war weg. Naja, dachte ich, alles okay.

So blieb ich eine Zeit, genoss das warme Wasser und die kühle Luft. Dann schwebte ich etwas später wieder zurück zu meinem Ausgangspunkt. Kaum, dass ich mich dort niedergelassen hatte, kam sie - leise lächelnd - in eben diesen Bottich geschwommen und ich erschrak mich anfangs fast ein wenig.

„Noch Platz hier?", flötete sie.

Blöde Frage. Außer uns war niemand hier.

„Sicher", antwortete ich kurz und sie schwamm ganz nah zu mir.

"Gut. Bist du oft hier?"

„Ab und zu, und du?"

„Auch ab und zu", lächelte sie. „Sehr entspannend hier", hörte ich sie gedehnt sagen.

„Ja, sicher."

Plötzlich nahm unser harmloser Smalltalk eine scharfe Wendung.

„Als ich reinkam, hast du mich mit deinen Blicken ja nahezu ausgezogen", schmunzelte sie.

Ich war völlig verdutzt und brachte nur ein: „Ähm... so?" heraus.

„Muss dir nicht unangenehm sein. War ja ein Kompliment... - irgendwie", gefolgt von ihrem leisen Lachen.

Das war wieder einer dieser Momente, in denen mir kaum ein klarer Gedanke gelingt - erst recht kein guter Konter.

„Du warst recht weit weg. Du hast mich sicher nicht bemerkt".

„Glaubst du?"

Mit diesem gleichen, leisen Lachen löste sie sich von der Unterwasserbank, drehte sich um und stand mit einer kleinen Bewegung direkt vor mir. Um uns herum sprudelte es. Weshalb auch niemand sehen konnte, dass sie ihre Hand auf meinen Oberschenkel legte. Nicht einmal ich selbst. Dafür spürte ich diese Berührung umso deutlicher. Sie war nah genug, dass ich ihr meine Hand - ebenso unsichtbar - sehr weit unten an ihre Taille legen konnte.

Sie kam näher - auf gefühlte zwei Zentimeter. Dabei war sie bestimmt noch zehnmal so weit entfernt. Was sich in meinen Lenden tat, muss ich kaum beschreiben. Sie schaute mich mit ernstem Blick an.

Dann löste sie sich fast unvermittelt wieder von mir und fragte leise: „Warst du schon in der Sauna? Ich wollte noch hin...".

Ohne meine Antwort abzuwarten, schwamm sie davon. Ich sah ihr immer noch reichlich verdutzt hinterher, wie sie durch die Klimasperre des Außenbeckens in der Haupthalle verschwand.

Sauna, dachte ich und schüttelte den Kopf. Was war das für ein Spiel? Will sie etwas herausfinden? Wenn ja, was und warum? War dies eine Aufforderung? Was sie neugierig oder war dies mehr ein Appell an meine Neugierde? Hatte sie Interesse? An was? Und dann noch ihre Art - wenig subtil oder einfach nur direkt? Alles in allem passte nichts von dem zusammen, was ich so dachte oder fühlte. Oder - eigentlich doch. Verrückt.

Ich mahnte mich zur Vorsicht, schüttelte diese jedoch erneut überraschend schnell ab: Was sollte schon passieren?

Nach wirklich kurzer Überlegung verließ auch ich das Außenbecken, griff mir meine Sachen aus dem Fach, ging langsam zur Dusche, entledigte mich meiner weiten Badehose und genoss den warmen und belebenden Strahl der Dusche - wie sonst auch. Dann wickelte ich mir mein großes, helles Handtuch um die Hüfte und machte mich - mit einem etwas kribbeligen Gefühl - auf in Richtung Sauna.

Diese war in einem anderen Teil der Therme untergebracht und so ging ich durch die Schleuse, die sie von den übrigen Bereichen trennte. Der Saunaraum selbst war recht großzügig angelegt. Rechteckig, aus dem bekannten hellen Holz; an den Wänden befanden sich umlaufend Bänke auf zwei Ebenen. In der Mitte eine Insel - ebenfalls aus Holz - mit zwei Feuerstellen zum Aufgießen. Das Licht war warm und angenehm gedimmt, was eine wohlig dämmrige Atmosphäre schuf.

Mit dieser leicht pochenden Neugierde ging ich hinein. Hinter mir klappte die schwere Tür zu und ich sah mich um. In einer Ecke zwei ältere Herren, die sich leise unterhielten. Ihnen schräg gegenüber zwei ebenfalls ältere Damen, die sich - zurückgelehnt - entspannten. Von meiner Begegnung keine Spur.

Etwas enttäuscht setzte ich mich auf das warme Holz, hielt mich - wie alle Anwesenden - brav bedeckt und gab mich der feuchtheißen Luft hin. Langsam ließ meine Enttäuschung etwas nach. Schließlich hatte ich wirklich keinen Grund, mich zu beklagen. Eine schöne, überraschende Begegnung, mit der nicht zu rechnen gewesen war und ein paar leise lustvolle Gedanken dazu. Alles gut.

Ich entspannte mich zusehends. Die beiden älteren Gentlemen standen auf und verließen den Raum, nicht ohne freundlich zu grüßen und ihr Gespräch fortzuführen. Eine der Damen goss mit einer großen Kelle Wasser auf die heißen Steine, das in einem Schwall zu Dampf explodierte und die Luftfeuchtigkeit nach oben trieb. Ich lehnte mich zurück, gab mich meinen Gedanken hin und nach geraumer Zeit verließen auch die beiden Ladies die Sauna.

Noch einen Moment, dachte ich. Dann hörte ich eine Bewegung.

Selbstsicher - genau wie zuvor - betrat sie den Raum, sah mich und lachte leise.

„Ich dachte schon, ich bin zu spät", sagte sie.

„Vielleicht bleibe ich noch etwas?", entgegnete ich unüberlegt.

Wieder lachte sie leise. Ihre Haare trug sie immer noch hochgesteckt und so ließen diese den Blick auf ihren schönen Nacken und ihre zauberhaft weichen Schultern zu. Über der Brust hatte sie ein großes, weißes Badetuch kunstvoll zusammengeknotet, das ihr bis fast zu den Knien reichte und ihre Beine angemessen verbarg.

„Oh, das wäre schön, oder?"

Sie musterte mich kurz und setzte sich mir fast genau gegenüber. Wir sahen uns kurz an, wieder ihr hübsches Lächeln.

„Keiner mehr hier?", fragte sie und sah sich etwas gekünstelt um.

Dann nutzte sie diesen Vorwand, um etwas umständlich und natürlich viel zu langsam den Knoten ihres Badetuches zu lösen. Für mich kam diese Geste jedoch trotzdem völlig unerwartet.

Meine Neugierde brannte auf. Darüber vergaß ich fast, nun meinerseits das Tuch von meiner Hüfte zu ziehen, was mir auch Gelegenheit gab, einen Moment lang meinen viel zu neugierigen Blick von ihr zu wenden. Sorgfältig legte ich das Tuch neben mich und schaute erst danach wieder hoch.

Da saß sie also. Mir direkt gegenüber, die Beine artig übereinandergeschlagen. Ihr feiner, schmuckloser Hals, ihre schönen, vollen Brüste gekrönt von weichen und nicht zu großen hellroten, flachen Knospen, die noch nicht erblüht waren. Ihre weiche, weibliche Taille, die glatte Haut in dem gedimmten Licht mit mattem Glanz, ihre schönen Beine, die schlanken Fesseln, die Nägel unaufdringlich lackiert.

Sie lächelte und freute sich augenscheinlich über meine Blicke, bevor sie fragte: „Gießt du noch mal auf?"

Dazu musste ich mich erheben - sie wollte mich sehen. Schon verstanden.

Also stand ich langsam auf und gab so preis, was gesehen werden wollte.

Mein Schwanz stand wegen einiger Aufregung noch nicht, war aber schon auf dem besten Wege dazu, was sicher auch gut zu erkennen war. Ich konnte ihre Blicke nicht nur sehr gut ahnen, sondern fast körperlich spüren.

Ich bewegte mich so normal wie möglich und ließ einiges Wasser auf den erhitzten Steinen verdampfen, was den Raum einigermaßen vernebelte. Von der Bank gegenüber meinte ich, ein leises Seufzen durch den Nebelschwall zu hören und setzte mich wieder auf die Bank. Der Dampf im Raum gab ein wunderbar weichgezeichnetes Bild von ihr. Sie hatte jetzt ihre Beine gelöst, ohne sie jedoch vollständig zu öffnen. Das rechte - wohl mit einigem Kalkül - wie zum Schneidersitz etwas angezogen. Wodurch sie mir einen vagen Einblick gewährte.

Ich ahnte einen leichten, dunklen Flaum auf ihrem Dreieck. Wobei es mir schien, als wäre er mit einigem Stil gekürzt. Ihre geschlossenen Lippen schienen - nicht nur durch den Nebel - angemessen verborgen und eben irgendwie doch wieder nicht. Der weichzeichnende Dampf löste immer noch viele andere Konturen auf. Auch zu meinen Gunsten. Sie war entspannt zurückgelehnt, beide Arme auf der oberen Ebene weit ausgestreckt, die Augen geschlossen - sicher, um meiner Neugier eine angemessen lange Zeit der ungestörten Beobachtung zu ermöglichen.

Der heiße Nebel lichtete sich langsam und meine Ahnungen wurden Wirklichkeit. Zeit für mich, ebenfalls die Augen zu schließen. Auch um mich zu wundern, was hier geschah.

Natürlich war meine Erregung gestiegen und so war es nicht verwunderlich, dass mein Schwanz schon recht groß und unübersehbar halb auf meinem rechten Oberschenkel ruhte. Auch ich hatte mich inzwischen - genauso wie sie - zurückgelehnt und nach hinten abgestützt.

„Bist du in Gedanken?", hörte ich wenig später ihre leise Stimme.

Ich öffnete die Augen und begegnete ihrem direkten Blick: „Ja, kein Wunder, oder? Und du?"

„Ich auch", sagte sie ruhig und hielt meinen Blick fest, während sie ihr linkes Bein aufstellte und so beinahe alles freigab, was ich bestaunen konnte und wollte.

Durch den sanften, recht kurzen Pelz mit dieser schönen Zeichnung zogen sich auf ihrem sanften Hügel ihre immer noch geschlossenen Lippen jetzt fast sichtbar nach unten, fest und gleichzeitig fast weich, so schien es mir.

Ihre Hand glitt spielerisch und sehr kurz über ihre Härchen, aber lange genug, um mein Blut in Wallung geraten zu lassen, weshalb sich mein Schwanz langsam kräftig erhob. Wieder ihr leises Lachen.

„Sieht schön aus", versuchte ich eine kleine Charme-Offensive.

„Ja?"

„Ja."

Noch einmal schob sie langsam ihre Finger auf ihre Scham und sah sich selbst dabei aufmerksam zu. Sie streichelte noch einmal leicht darüber, dieses Mal sicher einen Augenblick länger - gefolgt von einem winzigen Seufzer. Mein Schwanz stellte sich gut sichtbar ganz auf. Ihre Hand lag noch immer in recht aufreizender Nähe zu ihrer Scham auf ihrem Oberschenkel. Sie sah mich lange still an.

„Ein schönes Schwert hast du da", gefolgt von einem leisen Lachen.

„Ja?"

„Durchaus."

Ihre Blicke waren aufmerksam auf meine Hüfte gerichtet - ganz ohne Scheu und durchdringend lange. Dann stand sie langsam auf und kam auf mich zu. Sie beugte sich vor.

„Es ist schön heiß hier", sagte sie leise und mit besonderem Ernst, „aber für alles andere zu unbequem, was denkst du?"

Ich konnte nur nicken.

„Der Wellnessbereich ist hier oben", sie streckte sich und zeigte mit dem Finger Richtung Decke. So nah war mir all diese wunderbare Pracht! Ein lüsterner Schwall wollte mich mitreißen, aber ich wi-

derstand. Auch wenn mich dies wirklich Mühe koste-
te.

„Ich weiß.", nickte ich.

„Ich will kurz duschen. In einer halben Stunde? Findest du Raum 4?"

„Ja, bestimmt."

„Bestimmt?"

„Ja, sicher."

Sie nickte kurz, drehte sich um und zeigte mir
so ihren bildschönen, sanft geschwungenen Po. Dann
verschwand sie durch die schwere Holztür. Als sie weg
war, holte ich fast befreit tief Luft.

Wer war diese Frau? Wie kam ich in so eine
wilde Situation? In meinem Kopf wirbelten die Gedanken wirr durcheinander. Ich blieb noch eine kurze
Weile - wie betäubt - sitzen. Ich sah zur Uhr, die über
der Tür hing. Eine halbe Stunde hatte sie gesagt? Das
waren noch zwanzig Minuten.

Dann verließ auch ich die Sauna. Ich schnappte mir mein Handtuch und ab zur Dusche. Niemand
da außer mir - zum Glück. Wieder traf mich dieser
heiße Wasserstrahl. Ich wusch mich sorgfältig und ließ
das Wasser endlos und warm über meinen nackten
Körper perlen. Ich stand sehr lange unter der Dusche -
immer in verrückten Gedanken an sie. An dieses wundervolle kleine Lachen. An ihre kleinen Direktheiten.
Viele kleine Einzelheiten, die in wilder Folge in mir
aufblitzten. In aufgeregter Erwartung an das, was
noch folgen sollte - vielleicht! So verging die Zeit
schneller, als ich erwartet hatte.

Das bemerkte ich aber erst, als ich mich abtrocknete, alles in meine große Tasche packte und in meinen bequemen Bademantel schlüpfte. Schnell noch meine Sachen in den schmalen Schrank gezwängt - mir blieben nur noch einige Minuten. Eilig machte ich mich auf den Weg, mit einem leisen und erwartungsvollen Zittern. Ich folgte den Schildern in der Therme. Kleine Labyrinthe, eine Treppe, die den Weg über die Sauna wies - hin zum Wellnessbereich.

Ein langer, großzügiger Gang. Die Wände in gedecktem Ocker gestrichen, milde Beleuchtung, ein paar große Kübelpflanzen. Links und rechts helle Türen - mit großformatigen Nummern versehen.

Ich stand vor Nummer vier. Klopfen? Nein. Ich drückte die Klinke fast zu vorsichtig nach unten. Die Tür öffnete sich leicht und ich betrat neugierig den Raum. Gegenüber ein großes, bodentiefes Fenster, der Blick nach draußen versperrt - durch fast geschlossene, dunkelblaue Raff-Rollos. Auch das Zimmer selbst war in lichtem Blau gehalten - ein angenehmes, sanftes Licht, das weiche Konturen entstehen ließ.

Es war sehr warm und unter mir breitete sich ein heller, grobfloriger und sehr weicher Teppich aus. Auf einem Tisch an der großen Fensterfläche standen ein paar Kerzen, die einen unaufdringlichen Duft verströmten.

Und das Wichtigste: Sie - auf einem übergroßen Futon, der mit allerlei unterschiedlich großen Nackenrollen, Kissen und Decken übersäht war.

Sie lag lang ausgestreckt auf der Seite - nackt. Sie stützte ihren Kopf auf die linke Hand und sah mich neugierig an. Ein unglaubliches Bild in diesem

Halbdunkel - die weichen Konturen ihres Körpers. Ihre Brüste schienen mir erblüht, ihr Dreieck kaum sichtbar und verschlossen. Ich stand wie angewurzelt da und konnte mich kaum sattsehen.

„Du schließt besser ab - oder?", hörte ich sie leise lachen.

Natürlich. Ich wandte mich um und verschloss die Tür mit leisem Klick.

„Bequem hier, oder?"

„Ja, sieht so aus", konnte ich nur sagen.

Wieder diese lüsterne, kleine Aufregung. Ich öffnete den Gürtel meines Bademantels, ließ ihn einfach fallen und holte mir ihren Blick. Wie schon zuvor, war mein Schwanz noch nicht ganz aufgestanden, aber doch in deutlich sichtbarer, freudiger Erwartung.

„Komm doch zu mir", sagte sie ruhig.

Ich ging etwas benebelt zu ihr und kniete mich auf ein freies Stück des weichen Futons neben sie.

„Ja", sagte sie und sah zu mir auf. Und langsam: „Komm... - zeig mir dein Schwert."

Mit einer ruhigen Bewegung ließ sie ihre Hand bedächtig über meinen Oberschenkel wandern und schob sie unter meinen Schwanz. Sie sah halb zu mir hoch und ich spürte ihre warmen Finger weit unten an meinem Schaft.

Dann sah sie auf meinen Schwanz, bemerkte mit stillem Lächeln meine Vorhautverengung und betonte: „Oh, das ist ja süß". Dann blickte sie wieder zu mir hoch: „Aufregend, wollte ich sagen", schob sie nach.

„Ja?"

„Aufregend und neu."

Sie beugte sich leicht vor und einen winzigen Augenblick später umschlossen ihre weichen Lippen meine Eichel ganz vorsichtig, nur ein kleines Stück - feucht und warm. Ganz langsam. Ohne Aufregung. Genauso wich sie wenig später wieder zurück.

„Gut so?" - leises Lachen. „Ich will wissen, wie groß dein Schwert wirklich ist."

Und wirklich - mein Schwanz wuchs unerhört weiter, nachdem sie sich erst wieder meine Eichel und dann mein ganzes Schwert - wie sie es nannte - genommen hatte, nur um es ein wenig tiefer in ihren Mund gleiten zu lassen. Ihre ruhigen, verwöhnenden Bewegungen waren betörend. Ohne Hast, sehr sanft, langsam und einfühlsam.

Ich atmete einige Male laut durch. Ihre Ruhe war ein wunderbarer Genuss, der mich wirklich sehr erregte und ich gab mich hin, sah zu. Ab und zu schaute sie zu mir hinauf, unsere Blicke kreuzten sich - dieses Mal ungeniert. Ihre Hand berührte mich zuweilen, glitt mal hierhin, mal dorthin. Mein Schwanz stand groß und fest. Zu unser beider Genuss.

Denn auch sie ließ sich vorsichtig gehen, lüstern und leise, ruhig und mit für mich schneidender Aufgeregtheit schärfte sie mich sehr langsam und sehr geduldig weiter und weiter. Meine Erregung pulsierte nicht nur in meinem Kopf. Wobei dies bei aller Anspannung trotzdem eine wundersame Entspannung war. Sehr schwer zu beschreiben. Mein Schwanz stand glänzend und bebend vor ihr, als sie mich aus ihrem Mund entließ.

„Kann ich dich auch versuchen?", fragte ich zögernd.

Ich konnte sie sanft nicken sehen. Sie hockte sich hin und begann eine beachtliche Anzahl von Kissen und Nackenrollen am Ende des Futons zu stapeln und bat mich mit einer leichten Kopfbewegung, mich hinzulegen, was mich erst verwirrte.

Dann lag ich also aufgewühlt und mit pochendem Schwanz auf dem Rücken. Oberkörper und Kopf abgestützt durch den Kissenberg.

Dann schob sie sich über mich, hockte sich vorsichtig mit weit geöffneten Beinen über meine Brust und stützte sich mit wiegenden Brüsten nach hinten ab, stemmte ihre Füße in die Kissen neben meinem Kopf und ich hatte ihre wunderbare, leicht geöffnete Muschi vor mir. Was für ein Anblick!

Wieder sah ich diese unglaublich schöne Zeichnung ihrer kunstvoll gekürzten Härchen vor mir, ihre leicht geöffneten Lippen schwebten verlockend vor mir.

Mein erster, leichter Zungenschlag empfing sie und sie drängte sich mir sanft entgegen, sah zu mir hinunter. Meine Zunge - nass und warm - glitt weich und langsam über ihren kurzen Pelz - mit langen und weichen Bewegungen. Jede meiner Berührungen beantwortete sie mit einem leisen, tiefen Seufzen, mit einer kaum wahrnehmbaren Bewegung und mit einem kleinen ‚Ja'.

Ich fand ihre leicht geöffnete Spalte, glitt weich und lang darüber, wobei ihre Atemzüge tiefer und länger wurden. Meine Hände lagen an ihrer Taille, als ich versuchte, ihre Enge mit der Zunge vorsichtig zu teilen und ihr Aufjuchzen steigerte meine Lust weiter.

Mit meiner Zungenspitze teilte ich neugierig ihre Pracht und wühlte mich weich durch ihren überwältigenden Duft. Doch ich ließ mich nicht durch meinen aufbrandenden Übermut bestechen und nahm mir Zeit. Meine Zunge wanderte leicht, forschte und suchte, breit oder spitz, kreisend oder trällernd - aber immer ruhig und mit Bedacht.

Ich nahm ihre Stimme und ihren Atem, ihre Blicke und diesen kleinen Schrei wahr, als ich mich auf ihre Klit verirrte. Sie wogte mir ganz natürlich entgegen und ich genoss den herrlichen Geschmack ihres Safts, der einschoss - mehr und mehr. Dieses sanfte Zittern, das ich an ihren Oberschenkeln spürte. Bis sie sich mit einem lauten Seufzer erhob.

„Das war - wunderbar", hörte ich sie schnell atmen, als sie sich über meinen heißen Schwanz schob und ihn in ihre Glut einführte.

„Ich will dich reiten, dich holen - ja?", schnurrte sie lächelnd zu mir herunter und sofort schob ich mich behutsam in ihre Enge.

Langsam ließ sie mich in sich gleiten. Sie hauchte ihre Töne und begann, ihr Becken kunstvoll zu bewegen, massierte mich langsam und ich spürte ganz aufgeregt, wie sie sich langsam weitete, mich tiefer schob. Auch ihr Ritt war ruhig. Wieder hatte ich ihre Stimme und sie bald meine. Manchmal bäumte sie sich unvermittelt auf, setzte sich weit auf, um sich meinen Schwanz tiefer zu nehmen.

Meine Hände hielten sie an ihrer Taille, als unser Rhythmus seinen Weg fand. Mit leisem Stöhnen griff sie sich an die Brüste und mein Schwanz schwoll ihrem Orgasmus entgegen. Mit langen Atemzügen, mit lauten und doch fast ruhigen Stimmen holten wir uns lustvoll und verlangend Erlösung in diesem ersten aufgebäumten Orgasmus, der uns süchtig nach mehr machte.

Und auch heute noch fehlen mir die Worte für unser Ertrinken, für diese langsam überströmende Lust, für unsere gegenseitige Ergebenheit.

Sie sank auf mich. Wir waren immer noch ohne Atem - auch nach einer ganzen Weile.

„Du bist...", versuchte ich meiner Begeisterung Ausdruck zu verleihen.

„Nicht mehr als du", unterbrach sie mich und drehte sich vorsichtig von mir herunter. Doch der Reiz brannte immer noch in uns.

Keine blöde ‚Kannst du noch?'-Frage. Wir rieben uns gleich wieder erwartungslüstern aneinander. Suchende Finger. Berauschende Küsse. Wir lagen in lockender Neunundsechziger-Manier nebeneinander, bis sie sich über mich drehte - ein Gedicht!

Ihre Spalte warm und leicht offen über mir. Ich musste meine Hände in ihren Po krallen, als ihr Mund meinen Schwanz aufnahm und mir fast sofort zu neuer Stärke verhalf. Meine Zunge wurde mutiger. Diese wunderschöne, leicht geöffnete Scham, ihr leichter, kurzer Flaum und ihr lockender Geruch. Ich glitt wie von selbst durch ihre Lippen und ich genoss wieder diesen bekannten, wunderbar lusterfüllten, kleinen Schrei, als sich meine Zunge über ihren Damm ganz weit nach oben wagte.

Sie verwöhnte meinen Schwanz - unruhiger und genauso lüstern, wie ich mich über ihre weich bebende Pracht hermachte, so dass er bald hart und fordernd unter ihrer zügellosen Zunge aufzitterte.

Das alles geschah in einer völligen Genusssucht - ohne jede pornografische Übertriebenheit. In einem Gefühl, sich gehen lassen zu können, sich gegenseitig auszuliefern, sich am Anderen mit sanfter Gier lüstern zu berauschen. Sich keine Gedanken machen zu müssen, keinen Normen oder lächerlichen Ansprüchen zu folgen, sondern sich nur von diesem wilden Gefühl tragen zu lassen. Ich glaube, dies ist eine wirkliche Kunst, die sich nirgendwo erlernen lässt.

So leckten wir uns langsam und beständig, wissend und neugieriger in unserem überfüllenden Lustwahnsinn, getrieben von der Gier, der Vorfreude und von der Ahnung, die uns etwas versprach, von dem wir noch nichts wussten.

„Ich will dich", musste ich im Zungenspiel einfach raunen.

„Dein Schwert...", hauchte sie nur, als ich sie von mir schob und sich auf den Bauch drängte.

Sie öffnete sich wie von selbst, als ich hinter ihr war. Mein Schwanz glitt fordernd an ihre Lippen, die mich sofort seufzend umschlossen. Ich richtete sie vorsichtig auf. Meine Finger spielten fast zu ungestüm an den Knospen ihrer Brüste, die jetzt erregend groß und gar nicht mehr weich waren. Ihre süßen und wissenden Bewegungen schärften meinen Schwanz erneut vollendet. Ihr kleines, lüsternes Raunen bei meinem zarten Nackenbiss, während ihre Hand versuchend tief unten an meinem überquellenden Schwanz spielte.

Wir bewegten uns neckender, fordernder und sprachen uns leise und offen an. Die Hitze ihrer betörender Muschi ließ mich hell auflodern. Wir versuchten uns sanft weiter und weiter. In ruhigem, weiten Rhythmus schoben wir uns erneut in diesen Lustschwall, der uns eine aufrauschende, wilde Explosion schenkte. Ihr losgelassener Schrei, ihr keuchendes Aufbäumen und ihre zitternden Schenkel, als ich kam. Ein lüsternes und versprechendes Kompliment - an uns beide.

Sehr viel später zog ich mich irgendwo wieder an, unser unfassbares Erleben noch im Kopf. Ich packte in leicht beschwingtem Rausch meine Tasche zusammen und strebte dem Ausgang zu.

Ich musste - fast hätte ich das vergessen - ja noch meinen Chip abgeben und bezahlen. Durch die Scheiben sah ich - etwas verwirrt - nach draußen. Der kühle, halb verhangene Frühjahrshimmel, unter dem sich die Tristesse des Betonsteinparkplatzes ausdehnte. Eine freundliche Brünette an der Bezahltheke, der ich ziemlich gleichgültig meinen Armbandchip reichte.

Immer noch reichlich gefühlstrunken, sah ich ihr mit halbem Blick zu, wie sie den Chip über das Lesegerät zog.

„Sie sind Sam?", flötete sie sanft.

Ich nickte nur, ohne darüber nachzudenken, warum oder woher sie meinen Namen kannte.

„Ihre Gebühr wurde bereits beglichen", lächelte sie in bester Angestelltenmanier. „Ich bin angewiesen, ihnen diesen Umschlag zu geben".

Ich bedankte mich und versuchte, so selbstverständlich auszusehen, wie es angemessen war, nahm den Umschlag entgegen und ging - nun ziemlich verdutzt - zu meinem Wagen. Ich ließ mich in den Sitz fallen und überlegte kopfschüttelnd einen Moment, was das nun wieder alles zu bedeuten hätte. Dann öffnete ich den Umschlag.

Eine Karte in Umschlaggröße, das farbige Logo von Staatsbad und Therme rechts oben, darunter eine weiche, gut lesbare Tintenschrift - mit bedeutenden, schönen Schwüngen verziert.

,Ich muss heute Abend hier noch
ein paar Büroarbeiten machen
und ich bin vielleicht so gegen 22 Uhr fertig.
Ich möchte dann gerne mit Dir ins Wasser.
Ruf an, wenn Du da bist.'

Darunter ihre eingedruckte Unterschrift mit dem Vermerk ‚Geschäftsführung'. Dazu hatte sie noch recht klein handschriftlich ihre Handynummer ergänzt.

Nun war ich wirklich aufgewühlt! Viel zu langsam und gedankenverloren fuhr ich die paar Kilometer nach Hause. Mit einer solchen Einladung hatte ich wirklich nicht gerechnet und natürlich erst recht nicht, dass Vera hier Geschäftsführerin war. Absolut unglaublich!

Ich musste wirklich versuchen, mich von meinen Gedanken zu lösen, als ich zu Hause war. Es gelang schwerlich, bis gar nicht. Gegen Abend machte ich mir eine Kleinigkeit zu essen und überlegte, wie und ob ich mich vorbereiten sollte. Oder ob überhaupt. Wobei ich versuchte, mich in Geduld zu fassen. Aber die Einladung ließ mir keine Ruhe. Ich stellte also die Karte vor mir auf und tastete mit den Augen die schön geschwungenen Linien der Schrift ab.

,Ich möchte dann gern mit dir ins Wasser.'

Was würde passieren? Was für eine Art Überraschung würde mich erwarten? Ich kann nicht mal sagen, dass ich unruhig war. Vielmehr zum Platzen angefüllt mit Neugierde und Erwartungen. Was sicherlich falsch war.

Wie auch immer. Mit all dem in mir ging ich mich dann später ausführlich duschen und rasierte nochmal den Teil, den ich notwendig fand. Nicht alles - ich war ja schließlich kein Junge mehr, aber doch dort, wo es zu genießen oder zu fühlen galt. Ich ließ mir mit alldem reichlich Zeit.

Ich überlegte, ob ich Badesachen einpacken sollte? Vermutlich würde ich sie nicht mal brauchen. Schaden konnte es zumindest nicht. Bademantel? Ja, auch. Gefolgt von dieser kleinen Eitelkeit - was ziehe ich nur an? Draußen war es eigentlich noch zu kühl für T-Shirt und Jeansjacke. Ich entschied mich trotzdem dafür und packte noch einen leichten, hellen Pullover mit in die Tasche - wer weiß?

Doch dann kam die Unruhe wieder. Ach ja - ich sollte unbedingt die Nummer ins Handy speichern. Sozusagen meine Eintrittskarte. Ich ging im Geiste nochmal alles durch und fuhr los.

In wenigen Minuten war ich angekommen, parkte und warf einen ersten, prüfenden Blick auf das Bad. Alles war dunkel, auch in der Umgebung war kein Mensch zu sehen. Lediglich die Werbetafel draußen vor dem Eingangsportal war durch kleine Scheinwerfer beleuchtet. Ansonsten absolute Ruhe und Dunkelheit.

Mir fiel der ‚gute‘ Rat aus dem Männermagazin wieder ein: ‚bei Abendverabredungen nie zu früh kommen‘ - hallte es in mir wider und ich sah zur Uhr. Noch ein paar Minuten. Ich fragte mich, was in der nächsten halben Stunde wohl passieren würde. Zwei Minuten nach zehn klappte ich die Autotür zu und machte mich auf den Weg. Ich ging langsam auf das Eingangsportal zu und sah mich noch einmal um - wie ein Dieb in der Nacht. Es war niemand zu sehen.

Mein Handy flammte viel zu grell auf, als ich sie anrief. Die Wähltöne flirrten an meinem Ohr, eine kleine Pause.

„Ja, hier ist Vera.“

Leise und gar nicht geschäftsmäßig, dachte ich noch. Allerdings - wer sollte um diese Zeit schon im Büro anrufen?

"Hallo“, sagte ich fast zu leise. „Hier ist Sam. Ich bin unten am Eingang“.

„Oh, schön! Warte einen Moment. Ich schalte kurz die Türverriegelung ab, dann kannst du rein. Die Verwaltung findest du neben dem Wellnessbereich. Es ist der rechte Gang. Okay?“

„Ja, ist gut“, antwortete ich wieder viel zu leise.

Ein kurzes Knacken - sie hatte aufgelegt. Ich stand vor der großen Glastür. Es dauerte einen Moment, dann hörte ich ein leises mechanisches Geräusch. Eine Sekunde später reagierte der Bewegungssensor und beinahe lautlos glitt die große Eingangstür auf. Schnell trat ich ein. Die Tür schob sich hinter mir mit einem erneuten Klacken wieder zu und ich konnte die Verriegelung hören.

Ich stand in völligem Dunkel vor der Bezahltheke. Stille. Nur die Hinweisschilder der Notausgänge warfen ein ganz klein wenig Licht in den großen Raum. Ich sah mich um und ging die Treppe in Richtung des Wellnessbereiches nach oben. Dort zweigte tatsächlich ein dunkler Gang nach rechts ab, der durch eine Milchglastür abgeschirmt war. Daneben ein dezentes Hinweisschild: Personal.

Ich drückte auf die Klinke und öffnete die Tür, die sich hinter mir mit einem kleinen Klicken leise wieder schloss. Ich stand in einem dämmerigen Gang, dessen Länge ich nicht abschätzen konnte. Vorsichtig ging ich los und sah wenig später unter der letzten Tür - ganz am Ende des Ganges - einen kaum sichtbaren Lichtstreifen am Boden. Neben der Tür ein Schild. Im Dämmerlicht las ich: Geschäftsführung. Anklopfen konnte ich mir wohl sparen. Ich öffnete langsam auch diese Tür und trat ein.

Ein großer Raum, der nur rechts von einer Schreibtischlampe viel zu schwach ausgeleuchtet zu sein schien. Die Fenster waren durch schwere Jalousien verschlossen. Vielleicht drei, vier Meter vor mir stand ein langer Konferenztisch mit einigen Stühlen und einer Blumendekoration in der Mitte. Es gab eine lange, holzvertäfelte Wand und in der gegenüberliegenden, dunkleren Ecke befand sich ein repräsentatives Ledersofa. Alles in wohlige Wärme getaucht.

Ich drehte mich nach rechts und in reichlichem Abstand saß Vera am Schreibtisch, im milden Licht einer weißen Bankers-Lamp. Ich hörte ihr leises Lachen, als sie aufstand. Ihre halblangen Haare - mit diesem feinen Rotstich - trug sie jetzt offen und dazu einen klassischen Bürodress. Ein unauffälliges, dunkelblaues, tailliertes Passepartout-Kleid, das ihr knapp bis zu den Knien reichte, darunter anscheinend dunkle Strümpfe und schöne, schlichte, flache Schuhe.

Wieder diese selbstbewusste Bewegung, als sie auf mich zukam, mir die Jeansjacke abstreifte und schmunzelnd auf meine Tasche blickte.

„Verrückt, oder?", sagte sie ernst.

„Ja, ziemlich."

Wir tauschten - ein bisschen atemlos - musternde ‚Was-kommt-jetzt-Blicke' aus.

„Ich will dich jetzt. Hier.", dabei sah sie sich schnell um. „Oder ist dir das zu pornografisch?", gefolgt von einem leisen Lachen. Ohne meine Antwort abzuwarten, drehte sie sich um: „Bist du so gut?"

Ich versuchte meine Finger ruhig zu halten, als ich langsam den rückwärtigen Reißverschluss heruntersurren ließ und ihr Kleid vorsichtig über ihre Schultern und dann über ihre Hüfte schob. Es glitt ohne Geräusch zu Boden.

Darunter kamen ein weißer, recht durchscheinender BH im Balconett-Stil aus leichter, kunstvoller Spitze, dazu knappe Panties und halterlose, schwarze Strümpfe zum Vorschein, die weit oben auf ihren Obernschenkeln in einer breiten, etwas durchscheinenden Borte - mit fein eingearbeitetem Muster - endeten.

Ich zog mir angestrengt - aber äußerlich einigermaßen ruhig - mein Shirt über den Kopf und legte ihr von hinten meine Hand auf den Bauch. Als sie leicht den Kopf zurücklehnte, strich ich sanft und leise über den BH, der ihre Brüste nur unzureichend verbarg und hörte ihren Atem.

„Dein Schwert", hauchte sie. „Ich will es sehen, wenn wir... vögeln", hörte ich sie etwas atemlos sagen.

Zwei winzige Häkchen und der BH flog davon. Meine Hände schoben sich zu hastig von hinten auf ihre Brüste, gleich unter ihren hart erblühten Knospen. Sie zog mich zum Konferenztisch, ich stolperte aus meiner Hose. Mein Schwanz - in freudiger Erwartung - hoch aufgestellt. Und nur Sekunden später war auch sie nackt - nur ihre Strümpfe schmiegten sich noch recht aufreizend um ihre Schenkel.

Ihr Atmen schien mir schon zitternd zu fliegen, als sie sich rücklinks auf den Rand des großen Tisches setzte, sich nach hinten abstützte und mich direkt anblickte. Ich sah an ihren Augen, dass sie ihre Schenkel viel langsamer öffnete, als sie eigentlich wollte. Dem Anblick ihrer sanft bebenden Brüste mit den wunderbar erhabenen Knospen, ihren kaum geöffneten Lippen und ihrem wunderbar kurzen Flaum war nicht zu widerstehen. Absolut nicht.

In gespielter Beherrschung sagte ich leise: „Dann sieh zu..."

Sie sah leise atmend an sich herunter, als ich meinen Schwanz an ihre Lippen führte. Wie liebte ich diesen langgezogenen und fast überraschten Ton, als ich, fast wie von selbst, in ihre warme Enge drang - weiter und weiter.

Ich umfasste ihre Schenkel und spürte die zarten Nylons unter meinen Fingern, während ich mich unter ihrem auflebenden Atmen zu bewegen begann. Fiebrig sah sie im Wechsel auf mich und auf ihre von mir geteilten Lippen. Ihr kleines, wechselhaftes Stöhnen traf mich schnell in meiner Lust - genauso wie ihre offenen Blicke. Wir ahnten diese Zügellosigkeit und meine Bewegung wurden unbewusst unruhiger und tiefer. Sie verbarg ihren Genuss darüber in keiner Weise und ich ließ mich von ihrem immer lüsterner werdenden Fordern mitreißen. Langsam und tief, dann schneller - ihr Atem war mein Metrum, ihre Blicke mein Verlangen.

Dann wieder dieser Vorbote - dieses leichte, kaum spürbare Zittern ihrer Schenkel. Ich hielt sie und stieß vor. Ihr Nicken nahm mir meine Hemmungen und wir wurden laut und schnell. Ihr überraschend wilder Aufschrei, als ich mich stoßend in sie ergoss. Ihre Stimme, die meinen Orgasmus funkelnd in ihren verwandelte. Unsere Bewegungen, die nicht mehr auf uns hören wollten.

„Ich sollte wohl die Strümpfe ablegen", schmunzelte sie wenig später, als sie neben mir stand.

Nachdem wir unsere Sachen aufgesammelt und über den Stuhl gehängt hatten, sagte sie: „Ich bin gleich wieder bei dir".

Wobei mir ihr unglaublicher Seitenblick wie ein Ausblick auf die Verheißungen dieser Nacht erschien.

„Machst du uns einen Drink?". Dabei wies sie mit einem Kopfnicken in Richtung des Sideboards hinter ihrem Schreibtisch und verschwand elegant durch die Tür in den dunklen Gang.

Wieder musste ich leise ausatmen, eine wohlige Entspannung durchrieselte mich. Ich öffnete die Schiebetür des Sideboards und fand eine kleine, aber feine Getränkesammlung. Ich entschied mich für einen guten Bourbon und in dem eingebauten Minikühlschrank gab es sogar die passenden Eiswürfel dazu. Schon waren zwei Drinks in schönen Kristallgläsern servierbereit. Kaum, dass ich sie abgestellt hatte, hörte ich die Tür. Stilsicher - und nun völlig entblößt - tänzelte sie zu mir.

„Gute Wahl", attestierte sie mir schmunzelnd, als ich ihr ein Glas reichte.

Wir stießen dezent an, tranken einen guten Schluck und belebten uns an dem Drink. Unsere Blicke trafen sich. Ein unglaublich erotischer Flirt entspann sich - ganz wie von selbst. Völlig mühelos. Trotz allem vorher. Oder gerade deswegen? Wir umschlichen uns. Berührten uns hier und da. Tiefe Blicke mit leisem Glimmen. Ein kleiner Zungenkuss - wie zwischendurch. Ihre wiegenden Brüste, die Knospen fest und aufgerichtet. Genau wie mein aufstrebender Schwanz. Meine Hand, die sie mit sanftem Druck auf ihre kurzes Pelzchen führte. Ihre Finger, die sich um meinen Schwanz schlossen.

Wie sie sich kalkuliert vorbeugte - vorgeblich, um etwas aufzuheben - und mich hinter ihr alles sehen ließ. Meine Zunge an der Linie ihres Halses, als ich meinen Mittelfinger auf ihrer verschlossenen Spalte schweben ließ.

„Machen wir es gleich nochmal? Im Wasser?", lachte sie.

„Draußen oder drinnen?"

„Drinnen", sagte sie betont rauchig. „Für draußen sind wir sicher zu laut. Nimm die Flasche und das Eis mit". Sie griff sich die geleerten Gläser: „Ich muss noch die Alarmanlage abschalten".

Sie nahm mich an die freie Hand und ich folgte ihr durch den dunklen Flur. Voller romantischer Überraschungserregung hätte ich sie schon auf der Treppe nehmen können. Ich tat es nicht. Betört, wie ich war. Wie die übermütigen Kinder hasteten wir die Treppe hinunter, liefen durch die Halle und erreichten das Hauptbecken.

„Uns soll niemand sehen", schemenhaft lief sie am Beckenrand entlang zum gegenüberliegenden Bademeisterbüro und wenig später senkten sich die großen Lamellen-Rollos über alle Fensterflächen, um sich dann vollends zu schließen.

Ich hatte mich auf den Beckenrand gesetzt, die Beine im Wasser und füllte unsere Gläser. Das Wasser vor mir wirkte wie ein großer, schwarzer und verlockender Spiegel. Weit hinten glitt sie mit einem geschmeidigen Sprung ins Wasser - die ersten kleinen Wellen erreichten mich. Sie schwamm mit ruhigen Zügen auf mich zu. Ich reichte ihr das Glas und sie stütze sich auf meinem Oberschenkel ab.

„Santé", - leise klingendes Glas, gefolgt von funkelnden Blicken.

Sie schenkte nach und beim nächsten Glas breitete sich wohlige Wärme in uns aus - zusammen mit noch mehr aufgeregter Vorfreude.

„Lass mich dein Schwert erheben".

Mühelos drängte sie sich zwischen meine Beine und schärfte mit ihrem Zungenspiel meinen Schwanz erneut. Mit leicht geöffnetem Mund versenkte sie ihren Kopf viel zu weit auf meinen Schwanz, umschloss in fest und entließ ihn anschließend wieder sanft saugend. Ich wollte sie.

„Lass mich dich öffnen".

Ich glitt ins Wasser, zog sie in den flacheren Teil des Beckens und schob sie auf eine dieser Unterwasserliegen, die vom Beckenrand mit leichtem Gefälle ins Wasser ausliefen. Sie legte sich auf den oberen Teil und stütze sich nach hinten ab. Das wenige Licht spielte bezaubernd auf ihrer nassen Haut, ihre Brüste in sanfter Bewegung.

Ich fasste sie an den Oberschenkeln und spreizte ihre Beine weiter und weiter, bis ihr Hügel knapp über der Wasserfläche lag und sich das verlockende Tal für mich öffnete. Sofort hob ich sie etwas an und meine feste Zunge berauschte sich an ihren Lippen, drang in ihre Nässe. Ihr Becken schob sich mir entgegen und sie drängte mich mit Worten an ihre Klit. Ich versank in ihrem Aufzucken und trällerte jede Bewegung mit - ausführlich und wild.

Einmal hatte ich die Gelegenheit, zu ihr hochzusehen. Ein wunderbar glänzender Körper, die Brüste aufreizend gereckt, ihre Blüten wie aus Metall gegossen. Nach hinten abgestützt, den Hals lang, ihr Kopf fast im Nacken, keuchte sie stoßweise und laut in ihrer Lust und trieb mich mit ihren Worten vor sich her.

Nach einer wunderschönen, langen Zügellosigkeit waren wir soweit. Sie drängte sich mir entgegen und ich mich ihr. Im flachen Wasser drang mein Schwanz in ihre Muschi ein.

„Ganz!", hörte ich sie rufen und ich explodierte fast, als ich ihr diesen kleinen wilden Stoß gab.

Nun über ihr, konnte ich sie mit meinem Schwanz massieren, wellenhafte Bewegungen, mit denen wir uns lustvoll verschlangen. Wir fanden ein ruhiges Tempo und bäumten uns auf. Wir ahnten eine neue Gier aufflammen und dann brach sie sich auch schon Bahn.

„Vögel mich... - endlich", stieß sie mir mit gepressten Lauten entgegen.

Meine Gedanken waren nur noch ein einziger Rausch. Lange Schübe mündeten in festen Stößen - nicht hart, aber ich hatte das Gefühl, mich endlos in ihr ausdehnen zu können. Auch unser Atem kam nun stoßweise, bis sie mich - um Luft ringend - wegschob.

„Ich will an deinen Augen sehen, wenn du kommst", schnurrte sie auf und zog mich etwas weiter in eine Ecke.

Dort konnte ich mich auf eine Unterwasserbank sinken lassen. Sofort setzte sie sich mit einem kleinen Schrei auf meinen harten Schwanz, der sie regelrecht pfählte.

„Du reitest wieder", keuchte ich auf.

Während meine Hände ihren Po sanft führten. Ihre Augen funkelten und ich zog sie immer tiefer auf meinen Schwanz - ihre im Takt mittanzenden Brüste direkt vor mir. Wieder sprudelten treibende, wollüstige, fordernde, scharfe oder auch mal zarte Worte aus uns hervor. Sie ritt beglückend und voller Lust - jede Bewegung aufstachelnd.

„Hol mich ab", sagte sie voller Verlangen.

„Du musst deinen Ritt verschärfen", flüsterte ich bebend in ihren Blick.

Mein Schwanz schoss in ihr auf, als sie sich in diesen wunderbar langen, reitenden Beckenbewegungen aufbäumte. Ihr Gesicht ganz nah vor mir. Unsere Blicke provozierend und offen. Winzige, gestoßene Worte: fordernd, wild und fast dreist. Absolut hemmungslos.

Ich wusste, dass sie spürte, dass ich fast soweit war und Sekunden vorher hielt sie sich aufbäumend an mir fest, stöhnte lange und tief auf. Ich vollendete ihren Ritt mit diesem ungeheuren Schuss, dem ich mich laut und wild ergeben konnte. Wie sinnlich es mich durchrieselte, als auch sie laut und offen ihre Lust in ihrem Orgasmus preisgab - wie sehr es neues Verlangen in mir weckte. Eine wunderbare Ungeheuerlichkeit lag in all dem und wir gaben ihr mehr und mehr nach. Zitternd blieben wir noch eine Zeit beieinander. Neckten uns mit diesen lustverspielten, kleinen offenen Zungenküssen, die uns zeigten, auf welchem Weg wir taumelten.

„Meine Gier", sagte ich leise.

„Und meine", antwortete sie - immer noch außer Atem.

Die Zeit, in der wir so verharren konnten, erschien mir unendlich. Es offenbarte sich viel über uns darin. Langsam lösten wir uns, schwammen leise plätschernd zu unseren Gläsern.

„Kein Eis mehr da", lachte sie. „Gehen wir duschen?", kam ihre Frage, als sie sich vor mir aus dem Becken stemmte.

Ich lachte leise: „Ja - nimm mich mit".

Ich kletterte aus dem Becken. Wir standen voreinander und musterten uns wild.

„Erheb meinen Schwanz".

Katzengleich ging sie weit geöffnet in die Hocke, leckte das Salz des Wassers von meinem Schwanz und spielte mit ihrer Zunge fast versonnen an meiner Eichel, nachdem sie ihren Mund darüber geschlossen hatte. Sie schenkte mir kleine, aufmunternde Bewegungen und seufzte dabei ein wenig. Dann sah ich im Zwielicht, wie ihre Hand ihren Hügel streichelte. Ich war angestachelt und mein Schwanz stand sofort.

„Gut", lobte sie sich kühn, als sie mich entließ und sich meinen wippenden Schwanz besah. „Komm".

Sie stand auf und ich folgte ihr - zu meiner Verwunderung wieder über dunkle Treppen und Flur in Richtung ihres Büros. Ich hatte eher vermutet, mit ihr in einem der Duschräume zu verschwinden - verrückt!

Wir beide immer noch klitschnass und schamlos unbekleidet. Ich zudem immer noch mit bebendem Schwanz. Die Bürotür stand weit offen. Sie ließ - fast zu hektisch - das Eis in unseren Gläsern klingeln und goss nach. Jede ihrer nackten Bewegungen ließ mich lüsterner werden und ich konnte mich gedankenlos davon überrollen lassen.

„Ich will an deinem Salz lecken".

"Ja - gerne. Gleich".

Damit huschte sie zu meiner Überraschung zu der großen, holzvertäfelten Wand, schob einen Teil davon auf und gab den Blick auf einen gediegenen Duschraum frei. Das hatte ich nun wirklich nicht vermutet. Obwohl - es handelte sich schließlich um ein Staatsbad. Was war da naheliegender?

Der Raum war mit dunkelgrauen, großformatigen Schieferplatten gekachelt. Links war eine ebenerdige, große, quadratische Dusche eingelassen, die nur durch eine seitliche Glaswand abgeteilt wurde. Daneben ein großes Waschbecken an der Wand und üppiges, weißes Frottee an einer Handtuchstange - alles in sanftes Licht getaucht.

Rasch glitt sie unter den warmen Strahl und ich zu ihr. Unter dem sprühenden Wasser ging nun ich in die Knie. Sie lehnte sich an die Wand, wodurch sich mir ihre Venus förmlich entgegenwölbte. Einladend öffnete sie sich erwartend und stellte ihren Fuß dazu auf meinen Oberschenkel.

Meine Zunge verschwand sofort in ihrem Tal, meine Finger öffneten vorsichtig ihre Lippen und entblößten ihre so königliche Klit. Ihre Hand fuhr durch mein Haar, als ich sie umkreiste. Ihre Bewegungen forderten mich zum Kuss auf. Sanft berührten meine Lippen ihre offene Muschi. Ich saugte und umkreiste langsam ihr Lustzentrum. Als ich sie dort intensiver berührte, hörte ich wieder ihren ganz speziellen

Schrei, der mir jetzt noch lüsterner und noch gewagter schien. So ließ ich meine Zunge spielen - schmeckte Salz und Honig in ihrem Beben. Ihre Stimme voller Hitze im sanften Rauschen des Wassers. Ihre Bewegungen willkürlicher. Ich liebte ihre Lust und sie wurde so automatisch auch wieder zu meiner. Ich leckte sie ruhig und ausführlich. Was für eine Freude zu spüren, wie sie sich durchrieseln ließ, ungeduldig aufzitterte, bebte und laut rief.

„Dein Schwert!", hörte sie plötzlich betteln und ich schenkte ihr noch schnell zwei schweifende Zungenschläge.

Dann stand ich auf. Ließ jedoch keine Hand von ihr, als sie sich umdrehte und nach vorne beugte, damit sie sich an der Armatur abstützen konnte. Ich stand hinter ihr und küsste mich ihre Wirbelsäule hinab - tiefer und tiefer. Angestachelt von ihrem kleinen ‚Ja' zog ich vorsichtig ihren schönen Po auf und glitt - jetzt langsam und unsicher ob ihrer Reaktion - mit der Zunge tiefer und hörte ihr: ‚Ja, ja, ja'. Von ihrer Rosette züngelte mich über ihren weichen Damm an ihre Lippen.

Oh - zurück, zurück", kam ihr Protest.

Als meine Zunge wieder um ihre Rosette kreiste, entfesselte sich ihre Stimme und ich fühlte mich überflutet davon. Es folgte nur ein kurzes Spiel, denn ich wollte sie dringend. Sie verstand das sofort. Ich stand hinter ihr und schob meinen Schwanz schnell und tief in ihre wallende Muschi. Ich nahm sie mit langen Stößen und hielt sie - in einem dieser kleinen gierigen und fast brutalen Ausbrüche - an der Taille fest. Ich ließ mich gehen. Mit wilden Lauten zog ich sie auf mich - nichts mehr kalkuliert. Ich bestand nur noch aus brennender Lust - genau wie sie. Sie ließ sich ebenso laut nehmen und bejubelte die langen und tiefen Stöße, die ich mir - wie von Sinnen - gönnte. Wir tobten lange extrem erregt und ohne Scheu unter dem rauschend warmen Wasser, bis sie betäubend wild kam - nur einen kurzen Augenblick, bevor ich zügellos explodierte.

Nur in unsere offenen Bademäntel gehüllt, saßen wir uns noch lange an diesem unangenehm großen Konferenztisch gegenüber und ich spürte noch kein Ende. Wir erzählten und tranken - die Zeit verschwamm zur Unwichtigkeit.

Wir hatten immer noch nicht genug voneinander. Ein paar kleine, noch gezügelte, frivole Bemerkungen genügten und die Lust kroch erneut in uns hoch. Unsere Blicke sprachen Bände und wir spürten gleichzeitig, dass uns das Verlangen wieder voll im Griff hatte.

Wie aus dem Nichts stand mein Schwanz. Ihr Mantel glitt von den Schultern und ich warf meinen mit einer schnellen Bewegung ab. Wir gönnten uns unsere Dreistheit – ein visueller dirty talk.

Sie saß mir immer noch gegenüber - an diesem blöden Konferenztisch, der uns störend trennte. Ihre Brüste hoben sich vollendet bei jedem Atemzug. Ich konnte sehen, wie ihre Knospen langsam fest wurden. Sie saugte frech meine Blicke in sich auf. Sie schenkte nach und wieder klingelte das Eis in unseren Gläsern.

„Traust du dich das noch mal?", schmunzelte sie.

Ich wusste, was sie meinte, fragte aber mit gespielter Ahnungslosigkeit: „Was denn?", ich wollte es einfach hören.

„Wie du mich vorhin geleckt hast", antwortete sie sehr cool.

Eine gespielte Normalitätsfrage. Ich nickte nur, wenn auch zu gelassen.

„Und mehr?", fragte sie rauchig.

Wieder nickte ich lediglich. Geschmeidig stand sie auf.

„Lass es uns tun", mit diesem kaum wahrnehmbaren Aufblitzen in ihren Augen.

Ich stand ebenfalls auf - mein Schwanz erwartungsvoll hochgeschwollen. Ich war selbst überrascht. Auch über ihren Blick, den sie mir über die Schulter zuwarf, als sie in Richtung ihres Schreibtisches ging und von irgendwoher ein kleines Döschen hervorzauberte.

„Vorfreude?", fragte sie leise lachend.

„Vielleicht".

Aufrecht und aufreizend ging sie langsam zu dem repräsentativen Ledersofa. Wieder dieses wunderschöne Dämmerlicht auf ihren Bewegungen. Sie kniete sich geschmeidig auf die Mitte des Leders, den Kopf in die Hände gestützt. Ihre Ellenbogen lagen auf der Rücklehne. Sie sah mich an.

„Lass uns diese Nacht vergolden".

Dabei zitterte ihre leise, tiefe Stimme leicht. Ihre Beine öffneten sich, als sie sich auf den Knien ins Hohlkreuz drängte, ihren Po damit anhob, wohl wissend, welche Lust sie damit bei mir auslöste. Sie spreizte sich weiter und suchte eine bequeme Haltung. Ihre Schamlippen offen und fest, innen dunkel und weich geöffnet, wie eine prachtvolle Schmetterlingsorchidee. Darüber der helle Damm, der im spärlichen Licht wie matter Samt schimmerte.

Langsam war ich hinter ihr, beugte mich herunter, um sie weit oben auf den Po zu küssen. Ich leckte vorsichtig an der weichen Spalte, zog sie unter ihrem leisen Raunen mit den Händen langsam auf, sah auf ihre wunderschöne, helle Rosette und tänzelte mit der Zunge verspielt darauf zu. Sie drängte sich tiefer ins Hohlkreuz, hob sich mir auffordernd entgegen. Ich umkreise sie mit der Zunge, tippte sie ab und zu an. Ich leckte breit über den Damm und wieder zurück. Wieder erklang ihre köstliches: ‚Ja, ja, ja‘, als ich sie weich noch weiter aufzog, um ihre schon leicht geöffnete Rosette mit meiner harten Zungenspitze zu verwöhnen, die ab und zu diesen möglichen Millimeter eindrang.

„Mehr...", hörte ich sie sagen.

Als ich meinen Finger auf die Nässe schob und mit leichtem Druck auf ihrem Kranz kreisend versuchte, vorzudringen, bäumte sie sich lustvoll auf. Sie drängte sich dagegen, umschloss meine Fingerkuppe hart und ich sah - wie ferngesteuert - auf das kleine Döschen. Schnell öffnete ich es und verteilte die geschmeidige Creme auf ihrer Rosette.

Ihr erstauntes Aufglucksen, als mein Finger sich erneut versuchte und nun viel leichter eindringen konnte. Dieses unsagbare Gefühl aus Weichheit und

Enge. Ihr Summen - unter dem sie sich immer mehr entspannte. Mein Finger glitt tief und kreisend in sie - ein Traum von einem Bild.

„Jetzt", sagte ich, als ich mich - meinen cremeglänzenden, überhitzten Schwanz in der Hand - näherschob.

Meine verborgene und lüstern geschwollene Eichel drückte sich an diesen süßen Widerstand, der von einem auf den anderen Moment nicht mehr vorhanden war. Ihre Rosette weitete sich und umschloss meinen Eichelkranz fest - gefolgt von ihrem schrillen Aufschrei. Sie rang nach Luft, während ich stillhielt.

Eine kleine Bewegung meinerseits - von ihr mit einem heftigen Atemstoß quittiert. Noch einmal - ganz wenig und doch immer mehr. Langsam fühlte ich, wie sie sich in dieser Ruhe meiner kleinen Bewegungen entspannte und ich zog sie langsam millimeterweise weiter auf mich.

„Dein Schwert", keuchte sie fast unhörbar, „spießt mich auf."

„Noch nicht", wagte ich leise zu entgegnen.

Dann drang ich langsam bis zum Ende in sie ein und verharrte. Ihre Enge zuckte auf, als sie tief Luft holte.

„Du füllst mich gut aus", juchzte sie still. „Jetzt nimm mich ganz".

Ich wagte einen ersten kleinen Stoß, den ich unter ihren Worten sofort verlängern musste. Mit jeder meiner Bewegungen entspannte sie sich weiter und ich saugte dieses Gefühl ihrer so sehr weichen

Enge genießerisch auf. Bereit, es in reinste Lust zu verwandeln.

Bald ging es wie von selbst mit diesen langen Zügen. Meine Hände umklammerten hart ihre Taille und mein Schwanz bäumte sich - in fast schmerzender Gluthitze - groß in ihr auf. Befeuert von ihrer Stimme, meinen Stößen und ihrer Rosette, die - einem dieser Cockringe gleich - meinen Schwanz in harten Stahl zu verwandeln schien.

Dann konnte ich sie vollendet stoßen, immer wieder zitterte sie auf, schrie ihre ersten kleinen Orgasmus-Zuckungen an die Wand, bäumte sich auf und bewegte sich wie von Sinnen mit, so dass ich sie schließlich mit einer Hand fest an der Schulter halten musste, um meine Stöße gierig und fest zu verlängern.

Eine Art Besinnungslosigkeit von nebulöser Lust lullte mich vollständig ein. Sie bäumte sich wild auf und schien in einem überbordenden Orgasmus fast zu ertrinken, als ich mit ungestümen Stößen eine heftige Ladung in sie rammen konnte. Gleichzeitig spürte ich einen süßen Schmerz an meiner fast überreizten Eichel, der mich derart betäubte, dass ich trotzdem noch zustoßen konnte, als sie mich noch einmal laut dazu aufforderte.

Ich weiß nicht mehr, wann wir - immer noch von Sinnen - voneinander abließen. Auch nicht, wie lange wir uns danach noch zärtlich umspannten. Müde, erleuchtet und versunken in den Geschenken dieser unfassbaren Nacht.

Aber wenn am frühen Abend dieses Schwert-Emoticon unseres geheimen Messengers auf meinem Handy aufblitzt, weiß ich, dass sie noch etwas arbeiten muss - abends in ihrem Büro.

Nach der Idee eines Gentlemans:
SamWi (47) aus Stadthagen

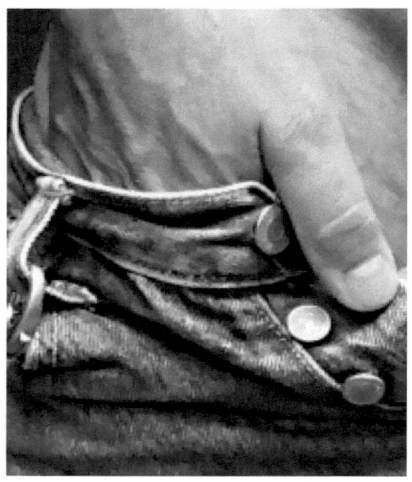

Weitere erotische Literatur von K.D. Michaelis
erschienen als **eBook's** und **Bücher** bei
TWENTYSIX – Der Self-Publishing-Verlag bzw.
BoD – Books on Demand

12 erotische Kurzgeschichten einer befreundeten, 7-köpfigen Autorengruppe.

Alex, Chewu und Karina leben in **Hannover**, Alexandra bei **Neustadt am Rübenberge**. Sunshine kommt aus dem **Schaumburger Land.** Peter hat es in den Raum **Göttingen** verschlagen und Olga wohnt in der Gegend von **Kassel**. Da sie häufiger hier ist, haben wir sie kurzerhand eingemeindet ;-)

eBook
ISBN 978-3-740-73760-3 € 4,99
Buch (116 Seiten)
ISBN 978-3-740-73289-9 € 7,99

Band 2 dieser Reihe mit weiteren **12 sexy Kurzgeschichten** einer 8-köpfigen Autorengruppe (4 Ladies und 4 Gentlemen).
Spannende ‚Bett-Lektüre' nur für Erwachsene.

joe water und marylou73 kommen aus **Braunschweig.**
Alex, frechemaus_2011, Herrin der Zeit, Karina (K.D. Michaelis), Mr. Jay und Paul Logen leben in **Hannover**.

eBook
ISBN 978-3-752-80049-4 € 4,99
Buch (116 Seiten)
ISBN 978-3-752-85087-1 € 7,99

Weitere erotische Literatur von K.D. Michaelis
erschienen als **eBook** bzw. **Buch** bei
BoD – Books on Demand

Band 3 dieser Reihe enthält weitere **13 sexy Kurzgeschichten** einer 6-köpfigen Autorengruppe (3 Ladies und 3 Gentlemen).
Spannend, prickelnd und nur für Erwachsene – wie immer!

marylou73 kommt aus **Braunschweig**.
soulsearcher_hh hat seine Zelte natürlich in **Hamburg** aufgeschlagen.
H.M. Grube, Karina (K.D. Michaelis) und Paul Logen leben in **Hannover**.
LadyZartHart wohnt in **Pinneberg**.

**eBook
ISBN 978-3-752-84493-1   € 4,99
Buch (120 Seiten)
ISBN 978-3-752-82531-2   € 8,99
Sex-Hörbuch   € 8,99
Spieldauer: rund 3 Std. 15 Min.,
erschienen bei XinXii**

Die BEIDEN nachstehend genannten **Sammlungen erotischer Kurzgeschichten sind jetzt auch in EINEM** Buch mit allen **17 Erzählungen erhältlich.**

Heiße skandinavische Nächte
inkl.
Feuchte Träume

Erschienen bei
BoD – Books on Demand

**Buch (188 Seiten)
ISBN 978-3-744-87403-8   € 9,99**

Weitere erotische Literatur von K.D. Michaelis
erschienen als **eBook's** im Club der Sinne®
- direkt beim Verlag auch als pdf erhältlich -

Im Fitnessstudio lernt Nova den attraktiven Ben kennen, mit dem sie die Leidenschaft für Sex-Rollenspiele und die Lust, immer neue Sex-Abenteuer zu erleben, teilt. Gemeinsam leben sie ihre BDSM- und Rollenspiel-Phantasien aus – was sie in 7 Kurzgeschichten quer durch das Stockholmer Nachtleben, diverse Betten und Nachtclubs und zu überaus geilen neuen Partnern führt.

eBook
ISBN 978-3-95527-691-1   € 3,49

Begleitet Nova durch 10 erotische Kurzgeschichten, die eine Menge an prickelnder Erotik in den verschiedensten Spielarten zu bieten haben und in denen unter anderem auch der leidenschaftliche und gutaussehende Jonas wieder eine tragende Rolle spielt. Denn je mehr sie über ihn nachdenkt, umso klarer wird ihr, dass sie seine durchaus härtere Gangart beim Sex unheimlich anmacht. Ein spannendes und aufregendes Spiel mit dem Feuer beginnt im ansonsten eher kühlen Norden Europas.

eBook
ISBN 978-3-95604-078-8   € 3,49

Ratgeber von K.D. Michaelis
Erschienen als Buch und eBook im
TWENTYSIX – Der Self-Publishing-Verlag

Dummdreiste Durchschnittstypen, Jammerlappen, Verbal-Erotiker, Libertiner und Nymphomaninnen - so erkennt man sie ganz leicht. Tipps und Tricks zu Dating-Portalen

2. Auflage
- Buch (164 Seiten)
   ISBN 978-3-740-72987-5   **€ 9,99**
- eBook
   ISBN 978-3-740-71857-2   **€ 6,99**

1. Auflage
- Buch (140 Seiten)
   ISBN 978-3-740-71253-2   **€ 9,99**
- eBook
   ISBN 978-3-740-73650-7   **€ 6,99**

Praktische **Tipps zum Kauf von Sex-Spielzeug** gibt es auf meiner Webseite :-)
https://www.kd-michaelis.com/ratgeber/sex-spielzeug/

Backbuch von K.D. Michaelis
Erschienen als Buch und eBook bei
BoD – Books on Demand

Backfee oder Zuckerbäcker – mit diesen leckeren und unkomplizierten Rezepten gelingt dies jedem auf Anhieb! Praktische Backtipps, Variationsmöglichkeiten, Angabe der nötigen Backutensilien und ein außergewöhnliches Herstellerverzeichnis für die verwendeten Zutaten sorgen für ein perfektes Ergebnis.

1. Auflage
- **Buch (104 Seiten)**
  ISBN 978-3-752-81594-8   € 18,99
- **eBook**
  ISBN 978-3-752-81756-0   € 7,99

Weitere hilfreiche Tipps zu sinnvollen Back-Utensilien sowie Links zu den entsprechenden Bestellmöglichkeiten:
https://www.kd-michaelis.com/backen/backzubehör-tipps/